Winterzeit, Weihnachtszeit . . . das ist eine spannende Zeit für kleine und große Stubentiger. Wie viele Abenteuer warten da auf die neugierigen Samtpfoten! Was gibt es nicht alles zu entdecken! Es glitzert und blinkt, raschelt und knistert. Aus der Küche kommen verlockende Düfte; draußen laden fröhlich tanzende Schneeflocken zum Spielen ein. Die schönsten Katzengeschichten für winterliche Stunden versammelt dieser Band: von Andrea Schacht, Eva Demski, Erika Pluhar, Ilse Gräfin von Bredow, Bohumil Hrabal, Tom Schulz u. v. a.

insel taschenbuch 4063
Katzen im Schnee

Katzen im Schnee

Ausgewählt von Gesine Dammel
INSEL VERLAG

Umschlagfoto: kimeveruss/Getty Images

insel taschenbuch 4063
Erste Auflage 2011
Originalausgabe
© Insel Verlag Berlin 2011
Quellennachweise zu dieser Ausgabe am Schluß des Bandes
Vertrieb durch den Suhrkamp Taschenbuch Verlag
Umschlag: bürosüd, München
Satz: Hümmer GmbH, Waldbüttelbrunn
Druck: CPI – Ebner & Spiegel, Ulm
Printed in Germany
ISBN 978-3-458-35763-6

1 2 3 4 5 6 – 16 15 14 13 12 11

INHALT

MARY E. WILKINS FREEMAN
Die Katze

Der Schnee fiel. Das Fell der Katze war hart und steif davon; aber sie blieb unbeeindruckt. Seit Stunden kauerte sie vor dem Loch im Boden, bereit zum todbringenden Sprung. Es war Nacht, doch diesem Umstand maß sie keine Bedeutung zu: Wenn sie auf eine Beute lauerte, war eine Tageszeit für sie so gut wie die andere. Sie lebte in diesem Winter allein, keinem menschlichen Willen untertan. Nirgends auf der Welt rief eine Stimme nach ihr, an keinem Herd wartete eine Mahlzeit auf sie. Sie war völlig frei, abgesehen natürlich von ihren eigenen Wünschen und Bedürfnissen, die sie beherrschten, wenn sie so unbefriedigt war wie jetzt – sie war nämlich sehr hungrig, um nicht zu sagen, völlig ausgehungert! Seit Tagen war es bitterkalt, so daß sich alle die kleineren wildlebenden Tiere, die normalerweise ihre Beute waren, in ihrem Bau oder im Nest aufhielten. So hatte die Katze, obwohl sie Tag für Tag lange unterwegs war, nichts fangen können. Hier wartete sie nun mit der über alle Begriffe zähen Ausdauer und Geduld ihrer Art; diesmal war sie ihrer Sache sicher. Sie war ein Geschöpf von großer Selbstsicherheit, und niemals war ihr Vertrauen getäuscht worden, wenn sie einmal von etwas überzeugt gewesen war.

Ein Kaninchen war an dieser Stelle in das Loch geschlüpft, zwischen den lose hängenden Fichtenzweigen hindurch. Inzwischen hatte dieser kleine Torweg einen dichten Schneevorhang bekommen, aber drinnen war es. Die Katze hatte es hineinhuschen sehen wie einen flüchtigen grauen Schatten, den nur ihre scharfen und geübten Augen als Lebewesen erkannt hatten; wie weggeweht war es verschwunden. So setzte sie sich nieder und wartete und wartete still in der weißen Nacht, ärgerlich nach dem Nordwind horchend, der sich in den oberen Höhen der Berge mit entferntem Heulen aufmachte, dann zu einem schrecklichen Crescendo der Wut anschwoll und herunterbrauste, dicke Schwaden von Schnee wie eine Wolke grimmiger Vögel in die Täler und Schluchten jagend. Die Katze befand sich an der Flanke eines Berges auf einem bewaldeten Plateau. Wenige Meter über ihr stieg die Felswand so jäh auf wie die Mauer einer Kathedrale. Die Katze hatte den Berg nie bestiegen – Bäume waren die Führer zu den Höhen ihres Lebens. Oft hatte sie die Felswand mit Verwunderung betrachtet und bitter und grollend miaut, wie man es tut gegenüber Dingen, die uns von der Vorsehung versagt sind. Zu ihrer Linken war der steile Abgrund. Hinter ihr war der gefrorene senkrechte Fall eines vom Berge kommenden Flusses, mit einem schmalen bewaldeten Streifen dazwischen. Vor ihr war der Weg zu ihrem Zuhause. Sobald das Kaninchen herauskam, sollte es gefangen werden; seine kleinen gespaltenen Füße konnten solche ungebrochenen Stufen nicht erklettern. Also wartete die Katze. Der Platz, an dem sie sich befand, sah aus, als wäre ein Malstrom darüber hinweggetobt. Verkrüppelte, ineinander verschlungene Bäume und Büsche krochen die Flanke des Berges empor, sich mühselig anklammernd. Krumm, abenteuerlich verrenkt, umarmten ihre Zweige krampfhaft alles, was einen Anhalt bot. Das Ganze wirkte seltsam und pittoresk, als wäre es vor Menschenaltern von einem Strom rasenden Wassers durcheinandergewirbelt worden. Nur daß es nicht Wasser, sondern der Sturm gewesen war, der alles zu diesem Wirrwarr verschlungen und verknotet hatte. Und jetzt breitete sich der Schnee über all dies Unentwirrbare, über Pflanzen, Gestein, abgestorbene Äste und Ranken. Wie Rauch wehte es herunter vom Kamm des Berges; es stand wie eine kreisende Säule, als erschiene etwas wie ein Geist im Totentanz der Natur über der Ebene, dann stürzte es sich über den Rand des Abgrundes hinab. Die Katze kauerte vor diesem wilden Unentrinnbaren dicht am Boden und baute auf diesen Umstand. Es war, als ob Eisnadeln ihre Haut durchstächen, durch ihr wundervoll dichtes Fell hindurch; doch sie wich und wankte nicht und klagte nicht. Sie konnte durch Schreien nichts gewinnen, aber alles verlieren; denn das Kaninchen würde sie ja schreien hören und dann wissen, daß sie hier wartete.

Dunkler und dunkler wurde es, seltsamer weißer Qualm wogte auf, trotz der natürlichen Schwärze der Nacht, einer Nacht voll Sturm und Tod. Die Berge waren alle verborgen, eingehüllt, furchteinflößend, selbst überwältigt von dem Orkan. Jedoch mitten in dem Inferno wartete, völlig unbesiegt, diese verkörperte, unbeirrbare lebendige Geduld und Kraft unter einem dünnen Panzerhemd von grauem Fell.

Ein heftiger Windstoß fuhr über den Felsen, blies einen gewaltigen Wirbel über das Plateau, stürzte in den Abgrund.

Dann sah die Katze zwei Augen, leuchtend vor Schrecken, wie irr im Impuls zur Flucht. Sie sah eine winzige, zitternde, hervorschnuppernde Nase, sah zwei aufgestellte Ohren, und sie wartete noch, alle empfindlichen Nerven und Muskeln gespannt wie Drähte.

Jetzt kam das Kaninchen heraus – es war nur ein Hauch von Flucht und Angst –, und die Katze hatte es.

Hierauf lief die Katze nach Hause, die Beute durch den Schnee schleifend.

Die Katze lebte in dem Haus, das ihr Herr gebaut hatte, so roh wie das Blockhaus eines Kindes; aber es war zuverlässig. Der Schnee lag schwer auf der niedrigen Schräge seines Daches, konnte sich aber nicht darunter festsetzen. Die beiden Fenster und die Tür waren verriegelt; dessenungeachtet wußte die Katze, wie sie hineinkommen konnte. Sie kletterte auf eine Fichte hinter dem Haus, obwohl das schwierig war mit dem schweren Kaninchen, und schlüpfte durch ein kleines Loch unter der Dachrinne; dann glitt sie über eine Leiter in das Zimmer darunter und sprang mit einem lauten Triumphschrei auf ihres Herrn Bett. Aber ihr Herr war nicht da. Er war im frühen Herbst weggegangen, und jetzt war es Februar. Vor dem Frühjahr würde er nicht zurückkommen. Er war ein alter Mann; die grausame Kälte des Gebirges setzte ihm zu sehr zu. Daher hatte er den Winter über in einer Siedlung Zuflucht gesucht. Die Katze wußte seit langem, daß ihr Herr fort war; aber ihr Verstand folgerte immer, daß Gewesenes wieder sein konnte. Obendrein hatte sie die wunderbare Kraft, warten zu können. So kam sie stets nach Hause in der Erwartung, ihren Herrn wiederzufinden.

Als sie sah, daß er noch nicht zurückgekehrt war, schleppte sie das Kaninchen auf das grob gezimmerte Lager, das das Bett darstellte, hielt mit einer Pfote den Kadaver fest und fing an zu fressen, den Kopf seitlich haltend, um ihre kräftigsten Zähne zur Anwendung zu bringen.

Im Haus war es dunkler als im Wald draußen, und die Kälte war genauso tödlich, wenn auch nicht ganz so beißend. Hätte die Katze ihr dickes Fell nicht ohne besondere Bitte von der Vorsehung erhalten, so hätte sie Dankbarkeit gefühlt, es zu besitzen. Es war fleckig grau mit etwas Weiß an Brust und Füßen und so dick, wie ein Pelz nur sein kann.

Der Wind peitschte den Schnee mit solcher Gewalt gegen die Fenster, daß es knatterte wie Hagel. Das Haus erzitterte vom Sturm. Dann vernahm die Katze plötzlich ein Geräusch. Sie hörte auf, an dem Kaninchen zu fressen, und lauschte, die leuchtenden grünen Augen auf ein Fenster gerichtet. Sie vernahm einen heiseren Aufschrei, einen Laut voll Verzweiflung und Flehen; aber sie wußte, daß es nicht ihr Herr war, der heimkam, und sie wartete, eine Pfote noch auf dem Kaninchen. Als der Schrei sich wiederholte, antwortete die Katze. Sie sagte alles, was wesentlich war, ganz ehrlich nach ihren eigenen Begriffen. In ihrem Antwortruf war Frage, Auskunft, Warnung, Schrecken; und endlich das Angebot der Kameradschaft; jedoch der Mann draußen konnte es wegen des heulenden Sturmes nicht hören. Dann gab es einen lauten Stoß an der Tür, noch einen und noch einen. Die Katze zog ihr Kaninchen unter das Bett. Die Stöße folgten einander schneller und fester. Es war ein schwacher Arm, der sie tat; aber er wurde von Verzweiflung angetrieben. Endlich gab das Schloß nach, und der Fremde kam herein. Die Katze blickte unter dem Bett hervor, blinzelte mit einem plötzlichen Aufleuchten, und ihre grünen Augen verengten sich. Der Fremde zündete ein Streichholz an und sah sich um. Die Katze erblickte ein Gesicht, das blau und verwüstet war vor Hunger und Kälte, und einen Mann, der ärmer und älter aussah als ihr armer alter Herr, einen Mann, den die Menschen verstoßen hatten wegen seiner Armut und wegen trüber Geheimnisse in seiner Vergangenheit. Sie hörte einen gemurmelten, unverständlichen schmerzlichen Laut aus der rauhen Kehle. Beides lag darin, Gottlosigkeit und Gebet. Aber davon verstand die Katze nichts.

Der Fremde befestigte die Tür, die er aufgebrochen hatte, nahm etwas Holz vom Vorrat im Winkel und zündete ein Feuer an in dem alten Ofen, so schnell er es mit seinen halberfrorenen Händen zustande brachte. Er zitterte so bemitleidenswürdig, während er arbeitete, daß die Katze unter dem Bett die Erschütterung fühlte. Dann setzte sich der Mann in einen der alten Stühle und kauerte sich an das Feuer, als wäre es die einzige Liebe und der einzige Wunsch seiner Seele. Seine gelben Hände hielt er darüber wie gelbe Klauen. Er war klein und schwach und gezeichnet mit den Schrecken des Leidens, die er über sich gebracht hatte. Er stöhnte. Die Katze kam unter dem Bett hervor und sprang auf seinen Schoß mit dem Kaninchen im Maul. Der Mann schrie auf. Er war zutiefst erschrocken; er sprang auf, die Katze glitt auf den Boden, das Kaninchen hatte sie fallen lassen. Der Mann lehnte sich an die Wand, keuchend vor Angst, geisterhaft bleich. Die Katze packte das

Kaninchen beim Nackenfell und legte es dem Mann vor die Füße. Dann stieß sie ihren schrillen Schrei aus und wölbte den Rücken; ihr Schwanz war wie eine prachtvoll wehende Feder. Sie strich an den Füßen des Mannes entlang, die aus den abgenutzten Schuhen hervorlugten.

Der Mann schob die Katze weg, ziemlich sanft, und durchsuchte die ganze Hütte. Er kletterte sogar die Leiter zum Speicher empor, riß ein Streichholz an und spähte angestrengt in die Dunkelheit. Er fürchtete, daß irgendwo ein Mensch verborgen wäre, weil eine Katze da war. Seine Erfahrungen mit Menschen waren nicht angenehm gewesen, genausowenig wie die Erfahrungen der Menschen mit ihm. Er war ein alter Wanderer, hatte das Glück gehabt, auf die Hütte eines Genossen zu stoßen, und war nun heilfroh, daß dieser Genosse nicht zu Hause war. Er ging zu der Katze zurück, bückte sich mit steifen Gliedern und streichelte ihren Buckel, den sie gewölbt hatte wie einen Bogen.

Dann nahm er das Kaninchen auf und betrachtete es im Licht des Feuers. Seine Kinnbacken arbeiteten, als hätte er es am liebsten roh verschlungen. Er suchte überall – die Katze folgte ihm auf Schritt und Tritt –, kramte auf einigen roh zubehauenen Regalen und einem Tisch und fand mit einem zufriedenen Grunzen eine mit Petroleum gefüllte Lampe. Er zündete sie an. Dann fand er auch eine Bratpfanne und ein Messer. Er häutete das Kaninchen und machte es zurecht. Die Katze strich unentwegt um seine Füße.

Als der Duft des Bratens durch die Hütte zog, sahen sie beide, der Mann und die Katze, geradezu wölfisch gierig aus. Der Mann wendete den Braten mit der einen Hand und bückte sich, um mit der anderen die Katze zu streicheln. Sie liebte ihn von ganzem Herzen, obwohl sie ihn erst so kurze Zeit kannte und obwohl der Mann ein Gesicht hatte, mitleiderregend und verschlagen zugleich, im Widerspruch stehend mit dem Besten aller Dinge. Das mürrische Grau des Alters hatte es gezeichnet, die Wangen waren vom Fieber ausgehöhlt, in den trüben Augen stand die Erinnerung an böse Dinge; jedoch die Katze erkannte den Mann ohne Vorbehalt an und liebte ihn. Als das Kaninchen halb gar war, waren weder der Mann noch die Katze imstande, länger zu warten. Der Mann nahm den Braten vom Feuer, teilte ihn genau in zwei gleich große Stücke, gab der Katze das eine und nahm selbst das andere. Dann aßen sie. Danach blies der Mann das Licht aus, rief die Katze zu sich, zog die zerlumpten Decken hoch und schlief ein mit der Katze an der Brust.

Während des ganzen restlichen Winters war der Mann der Gast der Katze, und der Winter im Gebirge ist lang. Der rechtmäßige Besitzer der kleinen Hütte kehrte nicht vor Mai zurück. In dieser ganzen Zeit mühte sich die Katze schwer ab und wurde selbst ziemlich mager; denn sie teilte alles mit ihrem Gast, ausgenommen die Mäuse, die sie fing. Zuweilen war die Ausbeute kärglich; und die Frucht der Geduld von Tagen reichte kaum für zwei. Der Mann war krank und schwach und nicht imstande, viel zu essen, was ein rechtes Glück war, da er nicht selbst auf die Jagd gehen konnte. Den ganzen Tag lag er auf dem Bett, oder er saß über das Feuer gebückt. Es war eine gute Sache, daß das Brennholz wegnahmebereit dalag, keinen Steinwurf weit vom Hause entfernt; er brauchte es lediglich heranzuholen.

Die Katze versorgte ihn unermüdlich. Manchmal blieb sie tagelang weg; anfangs war der Mann ängstlich, weil er fürchtete, sie würde überhaupt nicht zurückkehren; aber dann hörte er den gewohnten Schrei, kam mühsam auf die Füße und ließ sie herein. Dann aßen die beiden zusammen, teilten immer zu gleichen Teilen; die Katze blieb im Haus und schnurrte und schlief in den Armen des Mannes.

Als der Frühling nahte, wurde die Jagd ergiebiger. Mehr Kleinwild ließ sich verlocken, aus dem Versteck zu kommen, sowohl auf der Suche nach Liebe als auch nach Nahrung. Eines Tages hatte die Katze besonderes Glück: Sie fing ein Kaninchen, ein Rebhuhn und eine Maus. Sie konnte gar nicht alles zugleich tragen; aber endlich hatte sie doch alles beisammen vor der Haustür. Sie schrie wie gewöhnlich; aber niemand antwortete. Alle Bergflüsse waren jetzt vom Eis befreit, und die Luft war voll vom Brausen vieler Wasser, gelegentlich übertönt vom Vogelgezwitscher. Die Bäume rauschten mit einem ganz neuen Laut im Frühlingswind. Da war ein Blütenmeer von Rosa und Goldgrün an der Wand eines entfernten Berges, durch eine Waldlichtung hindurch konnte man es sehen. Die Spitzen der Sträucher waren geschwollen und glänzend rot, und hier und da leuchtete schon eine Blüte; jedoch die Katze hatte keinen Sinn für Blumen. Sie stand neben ihrer Beute vor der Haustür und schrie und schrie, mit ihrem beharrlichen Ausdruck von Triumph, Klage und Rechtfertigung. Niemand kam, um sie einzulassen. Da ließ sie ihre Schätze vor der Tür liegen, lief ums Haus herum nach hinten zu der Fichte, kletterte mit Hast die Zweige hinauf, stieg durch das kleine Loch im Haus hinein und rannte über die Leiter in das Zimmer hinunter – es war leer, der Mann war fort!

Die Katze schrie wieder, die Klage des Tieres nach menschlicher Gesellschaft, die einer der traurigsten Laute in der Welt ist. Sie suchte in allen Winkeln. Sie sprang auf den Stuhl am Fenster und blickte hinaus; aber niemand kam. Der Mann war weggegangen, er kam niemals wieder.

Die Katze fraß ihre Maus auf dem Rasen neben dem Haus. Das Kaninchen und das Rebhuhn schaffte sie mit großer Mühe hinein. Allein, der Mann kam nicht, ihre Beute mit ihr zu teilen. Endlich, im Verlauf von ein oder zwei Tagen, fraß sie die Tiere allein; dann schlief sie lange Zeit auf dem Bett, und als sie erwachte, war der Mann immer noch nicht da.

Hierauf ging die Katze wieder fort zu ihren Jagdgründen und kam abends mit einem Vogel nach Hause. In ihrer unerschütterlichen Zuversicht nahm sie an, daß der Mann jetzt da sein würde, und da war tatsächlich ein Licht im Fenster. Als sie schrie, öffnete ihr erster Herr und ließ sie herein. Dieser Mann hielt gute Kameradschaft mit ihr; aber er hatte keine Zärtlichkeit für sie. Er streichelte sie nie wie jener andere, so viel sanftere Ausgestoßene; aber er war stolz auf sie und trug, wenn er da war, Sorge für ihr Wohlergehen, obwohl er sie ohne Skrupel den ganzen Winter sich selbst überlassen hatte. Er hatte keine Angst, daß ihr ein Mißgeschick zugestoßen sein könnte, weil sie so groß und kräftig war und ein so mächtiger Jäger. Als er sie daher vor der Tür erblickte in der Pracht ihres herrlichen Felles, mit dem Weiß an der Brust und im Gesicht, das strahlte wie Schnee in der Sonne, leuchtete sein Gesicht in freudigem Willkommensgruß auf, und die Katze umstrich seine Füße mit ihrem vor glücklichem Schnurren bebenden Körper.

Die Katze konnte ihren Vogel ganz allein für sich verspeisen; ihr Herr hatte sein eigenes Abendbrot, das schon auf dem Herd brutzelte. Nach dem Essen nahm der Besitzer der Katze seine Pfeife und suchte einen kleinen Tabakvorrat, den er wintersüber in seiner Hütte gelassen hatte. Er hatte oft daran gedacht; dies und die Katze waren gute Gründe gewesen, im Frühling nach Hause zu kommen. Jedoch der Tabak war fort, kein Stäubchen war übriggeblieben. Der Mann fluchte ein bißchen, grimmig, aber eintönig und nebensächlich, was der Gottlosigkeit einen Teil ihrer Wirkung nahm. Er war von jeher ein schwerer Trinker gewesen und war es noch; er hatte auf die Welt losgeschlagen, bis sich die Narben ihrer scharfen Ecken seiner ganzen Seele eingeprägt hatten. Er war dadurch hart geworden, sein ursprünglich sehr weiches Gefühl war abgestumpft. Er war ein sehr alter Mann. Er suchte nach dem Tabak mit stumpfer Beharrlichkeit. Dann blickte er mit einfältiger Verwunderung im

Zimmer herum. Plötzlich fiel ihm Verschiedenes auf, das sich geändert hatte. Die zweite Ofentür war entzwei, ein alter Teppichfetzen war vor ein Fenster gehängt, um die Kälte abzuhalten; sein Feuerholz war fort. Er schaute hin – da war auch kein Petroleum mehr in seiner Lampe. Er blickte nach den Decken auf seinem Bett, hob sie auf, und wieder gab er den merkwürdigen, gedankenschweren Ton von sich.

Dann suchte er noch einmal nach seinem Tabak.

Endlich gab er es auf. Er setzte sich ans Feuer, denn der Mai ist im Gebirge noch kalt. Er hielt die leere Pfeife im Mund; seine rauhe Stirn faltete sich.

Er und die Katze sahen einander an durch die Mauer des Schweigens, die seit Erschaffung der Welt zwischen Mensch und Tier errichtet ist.

MONICA HUCHEL
Meine Katzen

November

Der erste Schnee, schon früh in diesem Jahr, zeigt eine interessante Reaktion: Chichi geht zielstrebig hindurch, er liegt ungefähr zehn Zentimeter hoch. Chichi kennt den Schnee also schon. Bijou bleibt zuerst einmal auf der Schwelle stehen, nimmt Witterung, streckt vorsichtig ein Pfötchen aus, kratzt am Schnee, leckt daran und geht ein paar Schritte hinein. Joujou sieht ihm einen Augenblick dabei zu und retiriert dann schleunigst ins Zimmer. Der Vorsicht halber bis gleich unter den Schrank. Dann plagt ihn vermutlich die Neugierde, ich begleite ihn zur Tür und versuche, ihn hinauszulocken. Er weicht wieder mit allen Anzeichen des Schreckens zurück. Ich fege den Schnee von der Schwelle und mache einen langen Weg bis unter die Tannen frei.

Bijou hat sich schon so an den Schnee gewöhnt, daß er sich darin wälzt. Es macht ihm großen Spaß. Ich hole Joujou und stelle ihn auf den frisch gefegten Pfad. Er bleibt lange überlegend stehen, setzt dann umständlich ein Bein vor das andere, schüttelt seine Pfoten und läuft eilig ins Haus zurück. Es dauert noch Tage, bis er freiwillig hinausgeht.

Vorläufig setze ich Joujou, da mir nichts anderes übrigbleibt, zu festgesetzten Zeiten einfach vor die Tür. Vom Fenster aus kann ich dann sehen, wie langsam er dem Pfad bis unter die Tannen folgt und nach einer weiteren Angstpause schnell ein Loch in den Schnee scharrt. In Windeseile ist er wieder im Haus. Ich wundere mich, warum er das Loch nicht einfach auf dem schneefreien Weg kratzt. Stephan meint, das hänge mit dem Sinn für Reinlichkeit zusammen. Und er hat sicher recht, denn ich beobachte bald das gleiche Verhalten bei Chichi und Bijou.

Das Schnee-Erlebnis quittiert Joujou mit Unpäßlichkeit und Fieber. Wir definieren sein Verhalten als Schneeschock.

Nach ein paar Tagen, als es taut und er die schmelzenden Schneehaufen in großem Abstand umgehen kann, ist er wieder gesund – oder wieder normal. Er ist körperlich so gut entwickelt, mittlerweile sogar größer, kräftiger und muskulöser als Bijou, daß man das Maß an Anfälligkeit nur schwer seiner physischen Beschaffenheit zurechnen kann.

DAMON RUNYON
Lillian

Ich habe ja immer gesagt, daß Wilbur Willard ein absoluter Glückspilz ist. Denn was, wenn nicht Glück, ist der Grund, daß er eines kalten, verschneiten Morgens genau da die Neunundvierzigste Straße entlangtorkelt, als Lillian auf dem Bürgersteig herummi-jaut und ihre Mama sucht?

Und was, wenn nicht Glück, ist der Grund, daß Wilbur Willard hackevoll ist, weil er mit einem Freund namens Haggerty in einer Wohnung drüben in der Neunundvierzigsten bei ein paar Gläsern Scotch zusammengesessen hat? Wenn Wilbur Willard nämlich nicht hackevoll wäre, sähe er, daß Lillian bloß eine kleine schwarze Katze ist, und würde einen großen Bogen um sie machen, denn jeder weiß, daß schwarze Katzen schreckliches Unglück bringen, selbst wenn sie noch Kätzchen sind.

Aber dermaßen abgefüllt, sieht Wilbur Willard die Welt ganz anders; er sieht Lillian nicht als kleines schwarzes Kätzchen, das im Schnee herumkraucht, sondern als wunderschönen Leoparden. Der Polizist O'Hara, der langsam an ihnen vorbeigeht, hört nämlich, wie Wilbur sagt:

»Oh, du wunderschöner Leopard!«

Der Uniformierte riskiert auch einen kurzen Blick, schließlich will er nicht, daß Leoparden in seinem Revier rumlaufen, das ist gegen das Gesetz. Aber er sieht, wie er mir später erzählt, nur, wie dieser versoffene Schnulzensänger Wilbur Willard ein mageres, kleines schwarzes Kätzchen aufhebt und in seine Manteltasche stopft, und er hört, wie Wilbur sagt:

»Du heißt Lillian.«

Dann torkelt Wilbur hoch zu seinem Zimmer im obersten Stock einer alten Absteige in der Achten Avenue, dem Hotel de Brussels, wo er schon eine ganze Weile logiert, denn die Direktion hat nichts gegen Schauspieler, die Direktion des Hotel de Brussels ist wirklich sehr tolerant.

Allerdings beschwert sich an dem Morgen eine Nachbarin von Wilbur, die alte Tingeltangeltänzerin Minnie Madigan, die seit der Ermordung Abraham Lincolns nicht mehr getingelt ist, denn sie hört, wie Wilbur sich in seinem Zimmer in einem fort über einen wunderschönen Leoparden ausläßt, und ruft den Empfangschef und sagt ihm, ein Hotel, das wilde Tiere duldet, verliert seinen guten Ruf. Doch der Empfangschef schaut bei Wilbur vorbei und sieht, daß er nur mit einem harmlosen schwarzen Kätzchen spielt, und die Meckerei des alten Mädels hat keine weiteren Folgen, vor allem auch deshalb, weil sowieso noch nie jemand behauptet hat, das Hotel de Brussels habe einen Ruf, schon gar keinen guten.

Als Wilbur nachmittags aus dem Dschumm erwacht, sieht er natürlich auch, daß Lillian keine Leopardin ist, ja, er staunt sogar sehr, daß er mit einer kleinen schwarzen Katze im Bett liegt, denn Lillian schläft auf seiner Brust, weil sie es dort offenbar schön warm hat. Zuerst traut Wilbur seinen Augen nicht und macht Haggertys Scotch dafür verantwortlich, aber schließlich glaubt er, was er sieht, steckt Lillian in die Tasche, geht mit ihr in die Hot Box, einen Nachtclub, und gibt ihr ein wenig Milch, die Lillian augenscheinlich sehr mag.

Wo Lillian ursprünglich herkommt, weiß natürlich kein Mensch. Gut möglich, daß jemand sie aus dem Fenster in den Schnee geschmissen hat, denn in New York schmeißen die Leute immer Kätzchen aus dem Fenster und einiges andere noch dazu. Ja, wenn es etwas gibt, von dem diese Stadt mehr als genug hat, dann sind es Kätzchen, die schließlich Katzen werden und dann in Ascheimern herumschnüffeln und auf Dächern mi-jauen und den Leuten den Schlaf rauben.

Ich persönlich kann mit Katzen nichts anfangen, auch mit kleinen Katzen nicht, denn ich habe noch nie eine gesehen, die auch nur das kleinste bißchen Grips im Kopf hatte. Aber ich kenne einen Burschen, der sich Pussy McGuire schimpft und sich dumm und dämlich damit verdient, daß er ausschließlich Katzen und manchmal Hunde stiehlt und sie dann an alte Mädels verkauft, die sie als Gesellschaft wollen. Aber Pussy stiehlt nur Perser- und Angorakatzen, und das sind richtig edle Katzen, und so eine ist Lillian natürlich nicht. Lillian ist nur eine schwarze Katze, und in dieser Stadt nimmt keiner eine schwarze Katze, nicht für Geld und gute Worte, denn alle glauben, daß sie einem richtig Unglück bringen.

Noch dazu kommt nach ein paar Wochen raus, daß Wilbur Willard seine schwarze Katze auch Herman oder Sidney hätte nennen können, doch er bleibt bei Lillian, denn so hieß seine Partnerin, mit der er vor Jahren im Varieté gearbeitet hat. Von Lillian Withington erzählt er mir oft, wenn er abgefüllt ist, das heißt meistens, denn Wilbur ist ein Scotchtrinker vor dem Herrn, er trinkt aber auch Roggenwhiskey oder Bourbon oder Gin oder was es außer Wasser sonst noch gibt. Ja, Wilbur Willard trinkt in großem Stil, und es hat auch keinen Zweck, ihm zu sagen, daß das Trinken in diesem Land gegen das Gesetz verstößt, denn da wird er nur ungemütlich und sagt, das Gesetz kann mich sonstwo lecken, nur benutzt er natürlich ein viel gröberes Wort.

»Sie sieht aus wie eine wunderschöne Leopardin«, erzählt mir Wilbur von Lillian Withington. »Schwarze Haare und schwarze Augen und geschmeidig wie ein Leopard, der im Palace mal im selben Programm wie wir aufgetreten ist. Da war'n wir die Hauptattraktion«, sagt er, »Willard und Withington, die beste Gesangs- und Tanznummer im Land. Ich hab sie in San Antonio aufgegabelt, einem Kaff in Texas. Sie kommt gerade aus dem Kloster, und ich hab gerade meine alte Partnerin Mary McGee verloren, die mir doch urplötzlich da unten an Lungenentzündung wegstirbt. Lillian will unbedingt auf die Bühne und geht mit mir auf Tournee. Ein Naturtalent als Schauspielerin, großartige Stimme. Aber wie eine Leopardin«, sagt Wilbur, »wie eine Leopardin. Sie hat was von 'ner Katze, da kannst du Gift drauf nehmen, und Katzen und Frauen sind beide undankbar. Ich liebe Lillian Withington. Ich will sie heiraten. Aber sie zeigt mir die kalte Schulter. Sie sagt, sie will nicht ihr ganzes Leben auf der Bühne stehen. Sie will Geld und Luxus und ein schönes Zuhause, alles, was ein Kerl wie ich einem Mädel natürlich nicht bieten kann. Dabei hab ich sie von vorne bis hinten bedient. Ich war ihr Sklave. Ich hätte alles für sie getan. Da kommt sie in Boston eines Tages an und sagt, sie geht. Sie sagt, sie heiratet einen reichen Kerl dort. Damit war die Nummer natürlich geplatzt, und ich habe nie wieder den Mut gehabt, mich nach einer neuen Partnerin umzusehen, und irgendwann bin ich an der dämlichen schwarzen Flasche hängengeblieben, und was bin ich jetzt? Ein abgehalfterter Nachtclubsänger.«

Manchmal fängt er dann an zu weinen, und manchmal weine ich mit. Dabei hat er, so wie ich es sehe, noch Dusel gehabt, weil er ein Mädel losgeworden ist, die was von ihm will, das er ihr nicht geben kann. Wie viele Burschen in dieser Stadt sind mit Mädels verbandelt, die was von ihnen wollen, was sie ihnen nicht geben können, die sie aber trotzdem an sich binden, und die Burschen ruinieren sich, um sie zufriedenzustellen.

Wilbur macht ganz gutes Geld als Sänger in der Hot Box, obwohl er das meiste davon für Scotch ausgibt, und er ist auch kein schlechter Entertainer. Wenn ich den Blues habe, gehe ich oft in die Hot Box und höre mir an, wie er »Melancholy Baby« und »Moonshine Valley« und andere traurige Lieder singt, bei denen mir das Herz bricht. Ich begreife eigentlich nicht, warum die Frauen Wilbur nicht alle lieben, besonders, wenn sie hören, wie er – gut abgefüllt – Stücke wie »Melancholy Baby« singt. Er ist groß, sieht gut aus, hat lange Wimpern und braune Schlafzimmeraugen, und seine Stimme hat einen tiefen, klagenden Ton, der normalerweise bei den Mädels groß ankommt. So manches Mädel macht Wilbur auch Avancen, wenn er in der Hot Box singt, aber aus irgendeinem Grund spendiert Wilbur nie einer ein Glas. Und zwar deshalb, glaube ich, weil er immer nur an Lillian Withington denkt.

Aber jetzt entwickelt er mit Lillian, dem schwarzen Kätzchen, offenbar ein neues Interesse am Leben, und Lillian wird auch ganz pfiffig und sieht nicht schlecht aus, als Wilbur sie aufgepäppelt hat. Sie ist schwärzer als der schwärzeste Kamin von innen, nicht der kleinste weiße Fleck, und sie wächst so schnell, daß Wilbur sie allmählich nicht mehr in der Manteltasche mit sich rumtragen kann. Also legt er ihr ein Halsband um und nimmt sie an der Leine mit. Mit dem Ergebnis, daß Lillian auf dem Broadway sehr bekannt wird – Wilbur nimmt sie ja auch praktisch überallhin mit, und am Ende muß er sie auch gar nicht mehr an der Leine behalten, denn sie folgt ihm wie ein Hündchen. Und auf den stürmischen Breitengraden um die Neunundvierzigste legt auch kein Wauwau Wert darauf, Lillian ins Gehege zu kommen, denn schneller, als man »Hau ab!« sagen kann, stürzt sie sich auf die Tölen und kratzt und beißt, bis die heilfroh sind, von ihr wegzukommen.

Die meisten Hunde in der Gegend sind natürlich Chow-Chows und Pekinesen, Spitze und kleine, wollige weiße Pudel, die an der Leine von blonden Mädels ausgeführt werden und sich gegen eine schlaue Katze nicht zur Wehr setzen können. Am Ende ist es so, daß Wilbur Willard mit keinem Mädel zwischen Times Square und Columbus Circle mehr redet, das einen Hund besitzt, und die Mädels hoffen alle, daß Wilbur und Lillian sich irgendwohin verziehen und das Zeitliche segnen. Darüber hinaus gerät Wilbur auch ein paarmal mit den Kerlen aneinander, die zu den Mädels gehören, aber er schlägt sich tapfer, wenn er nicht zu abgefüllt ist und Gummibeine hat.

Wenn Wilbur mit dem Unterhalten der Leute in der Hot Box fertig ist, geht er normalerweise in die Speakeasies, die noch offen sind, und trinkt zu dem, was er schon in der Hot Box getrunken hat, locker noch ein bißchen was dazu, was nicht wenig ist, und obwohl es in dieser Stadt als sehr riskant angesehen wird, Hot-Box-Schnaps mit anderem zusammen zu trinken, scheint es Wilbur nie was auszumachen. Bei Tagesanbruch nimmt er ein paar Flaschen Scotch mit in sein Zimmer im Hotel de Brussels – die braucht er als Schlaftrunk –, und wenn er dann endlich einschlafen kann, hat er jede Menge verschiedenste Schnäpse intus und schläft wie ein Murmeltier.

Auf dem Broadway wirft natürlich niemand Wilbur vor, daß er so ein Schluckspecht ist, denn alle wissen, daß er Lillian Withington liebt und sie verloren hat, und weil man es in dieser Stadt als Grund genug betrachtet, zur Flasche zu greifen, wenn man ein Mädchen verloren hat, wird hier viel getrunken. Wie Wilbur aber den ganzen Schnaps verträgt, ohne abzukratzen, ist allen ein Rätsel. Die Friedhöfe sind voll von Kerlen, die viel weniger als Wilbur getrunken haben. Dabei findet er gar nicht mal, daß er viel verträgt, oder wenn doch, dann behält er es für sich und posaunt nicht in der Gegend rum, es wär der Fusel, den man heutzutage kriegt.

Ein paar Jungs verlieren im Mindy's in einem Winter eine schöne Stange Geld. Denn da fängt Wilbur an, hauptsächlich nach der Sperrstunde in Good Time Charleys Speakeasy zu trinken, und die Jungs wetten vier zu eins, daß er es nicht mehr bis zum Frühjahr macht. Sie können sich einfach nicht vorstellen, daß man soviel von Good Time Charleys Schnaps in sich hineinkippen und weiterleben kann. Aber Wilbur Willard trinkt, als sei nichts, und da sagen alle, dieser Bursche hat von Natur aus eben übermenschliche Kräfte, und damit hat sich's.

Manchmal kommt Wilbur mit Lillian, die, immer nach Hunden Ausschau haltend, hinter ihm herläuft oder bei schlechtem Wetter auf seiner Schulter reitet, im Mindy's vorbei, und dann sitzen die beiden stundenlang mit uns zusammen, und wir plaudern über Gott und die Welt. Wilbur hat meist 'n Flachmann dabei und genehmigt sich ab und zu einen Schluck, was für ihn aber natürlich nicht unter der Überschrift ernsthaftes Trinken läuft. Wenn Lillian mit Wilbur kommt, liegt sie immer so dicht bei ihm wie möglich, und alle sehen, daß sie Wilbur sehr mag und daß er sie auch sehr mag, selbst wenn er sich manchmal vergißt und von ihr als wunderschöner Leopardin spricht. Aber da hat er sich natürlich nur versprochen, und sowieso, wenn es Wilbur Spaß macht, Lillian als Leopardin zu betrachten, dann geht das einzig und allein ihn was an.

»Eines Tages wird sie mir fortlaufen«, sagt Wilbur und streichelt Lillian über den Rücken, bis ihr das Fell knistert. »Ja, ja, denn obwohl ich ihr jede Menge Leber und Katzenminze und einiges andere mehr und meine ganze Zuneigung obendrein gebe, wird sie mir eines Tages den Laufpaß geben. Katzen sind wie Frauen und Frauen wie Katzen. Sie sind beide sehr undankbar.«

»Und bringen einem beide meistens Unglück«, sagt Big Nig, der Würfelspieler. »Besonders die Katzen, und ganz besonders schwarze Katzen.«

Viele andere Jungs erzählen Wilbur ebenfalls, daß Katzen Pech bringen, und raten ihm, Lillian nachts mit einem Gewicht am Hals in den North River zu werfen. Aber Wilbur behauptet, mehr Pech, als Lillian Withington zu verlieren, kann er gar nicht mehr haben, und mit Lillian der Katze kann es auch nicht schlimmer werden, und deshalb verwöhnt er sie noch mehr als sonst, und Lillian wird groß und stark, bis ich allmählich denke, vielleicht steckt doch ein Bernhardiner in ihr.

Schließlich aber fällt mir was Komisches an ihr auf. Manchmal ist sie Wilbur gegenüber sehr liebevoll, und dann wieder ist sie sehr unfreundlich und faucht ihn an und schlägt richtig böse mit den Krallen nach ihm. Wenn Wilbur voll ist, kommt es mir vor, hat sie gute Laune. Aber wenn er nur ein kleines bißchen voll ist, ist sie genauso traurig und reizbar wie er. Und wenn Lillian traurig und gereizt ist, dann haben die Köter in der Umgebung des Brussels wahrhaftig nichts zu lachen.

Ja, Lillian fängt immer dann mit Hundejagen an, wenn Wilbur mal nicht aufpaßt. Dann schleicht sie sich davon, duckt sich und pirscht sich an die Hunde ran, besonders, wenn sie welche findet, die nicht an der Leine sind. Ein nicht angeleinter Hund ist für Lillian ein Kinderspiel.

Unter den Mädels, denen die Hunde gehören, sorgt das natürlich für große Empörung, vor allem als Lillian eines Tages mit einem Pekinesen am Schlafittchen nach Hause kommt, der so groß ist wie sie selbst, eine sehr aufgeregte Blondine im Schlepptau, die vor Wilbur Willards Tür Zeter und Mordio schreit, als Lillian mitsamt dem Pekinesen durch das Loch, das er ihr in die Tür gesägt hat, ins Zimmer schlüpft. Aber statt daß Wilbur Lillian schimpft und ihr für so eine Untat eine Tracht Prügel gibt, scheint er sich zu freuen, denn er ist bei Lillians Ankunft mit dem Pekinesen immer noch benebelt und hält sie für einen wunderschönen Leoparden.

»Ach«, sagt Wilbur, »wenn das keine Liebe ist. Mein wunderschöner Leopard geht in den Dschungel und fängt mir eine Antilope zum Abendessen.«

Das ist natürlich der blanke Unsinn, weil ein Pekinese mit Sicherheit kein bißchen einer Antilope ähnelt, doch das blonde Mädel vor Wilburs Tür hört, was er murmelt, und meint, er will ihren Pekinesen zum Abendessen verspeisen, und da zetert sie wirklich ganz erbärmlich. Im Brussels hat man große Mühe, die Blondine zu beschwichtigen, so wütend ist sie, daß Lillian sich ihren Pekinesen geschnappt hat. Und dann stellt sich auch noch heraus, daß der treuliebende Kerl der Blondine Gregorio ist, seines Zeichens brutaler italienischer Alkoholschmuggler, und am nächsten Abend kreuzt er in der Hot Box auf und will Wilbur Willard einen Denkzettel verpassen.

Aber Wilbur beruhigt ihn mit ein paar Drinks und singt »Melancholy Baby« für ihn, und der Ithaker schmilzt dahin und schließt Wilbur ins Herz und Lillian auch und will Wilbur, bevor er geht, unbedingt fünf Dollar geben, damit Lillian sich den Pekinesen noch einmal schnappt, ihn aber, bitte sehr, nicht mehr zurückbringt. Offenbar macht sich Gregorio nicht sonderlich viel aus Pekinesen und zeigt sich nur so streitsüchtig dem blonden Mädel zu Gefallen, damit sie denkt, er liebt sie von Herzen.

Aber ich sehe, daß Lillian Launen hat, und frage schließlich Wilbur, ob er es auch merkt.

»Ja«, sagt er sehr traurig, »offenbar hält ihre Liebe zu mir nicht ewig. Sie wird sehr launisch. Neulich zieht ein Typ mit einem kleinen Jungen auf meinen Flur im Brussels, und Lillian mag den Kleinen sofort. Ja, sie sind schon dicke Freunde. Ach«, fügt Wilbur hinzu, »Katzen sind wie Frauen. Ihre Liebe ist nicht von Dauer.«

Zufällig geh ich ein paar Tage später ins Brussels, um einem Burschen, der sich Crutchy schimpft und auf demselben Stock wie Wilbur Willard wohnt, zu erklären, daß einige unserer Bürger sein Gesicht nicht mögen und es vielleicht keine schlechte Idee wäre, wenn er die Stadt verläßt, besonders wenn er unbedingt weiter Bier in ihr Revier bringen will. Da seh ich Lillian im Flur mit einem Dreikäsehoch, bestimmt der Kleine, von dem Wilbur redet. Der Junge ist vielleicht drei Jahre alt und sehr niedlich, pechschwarze Haare und pechschwarze Augen, und er schleppt Lillian ziemlich unsanft durch den Flur. Erstaunlich, denn Lillian ist keine Katze, die sich unsanftes Rumschleppen gefallen läßt, nicht einmal von Wilbur Willard.

Wie kommt jemand dazu, überlege ich, so ein kleines Kind mit an so einen Ort wie das Brussels zu nehmen, gelange aber zu dem Schluß, daß es vielleicht das Kind eines Schauspielers und keine Mama für es da ist. Als ich später mit Wilbur darüber spreche, sagt er:

»Hm, wenn der Papa des Kleinen Schauspieler ist, dann behält er das aber ziemlich für sich. Er hockt die ganze Zeit in seinem Zimmer und erlaubt dem Jungen nirgendwo anders hinzugehen als in den Flur, und mir tut der Kleine leid, und deshalb lasse ich Lillian mit ihm spielen.«

Und dann wird es lausekalt, und als wir einmal zu mehreren bis ungefähr fünf Uhr morgens noch zusammensitzen, hören wir die Feuerwehr vorbeifahren. Nach einer Weile kommt ein Kerl namens Kansas, von Beruf Spieler, und Kansas heißt er, weil er aus Kansas kommt.

»Das alte Brussels brennt«, sagt dieser Kansas.

»Da brennt's immer«, sagt Big Nig und meint, daß sich im Brussels immer heiße Szenen abspielen.

Und wer spaziert da herein? Wilbur Willard, und man sieht ihm schon von weitem an, daß er mal wieder in anderen Sphären schwebt. Höchstwahrscheinlich kommt er geradewegs von Good Time Charley; jedenfalls ist er schwer angeschlagen. So abgefüllt habe ich Wilbur Willard noch nie gesehen. Lillian hat er nicht dabei, aber zu Good Time Charley nimmt er Lillian nie mit, denn Charley haßt Katzen.

»He, Wilbur«, sagt Big Nig, »deine Bude, das Brussels, steht in Flammen.«

»Gut«, sagt Wilbur, »ich bin ein Glühwürmchen, und ich brauche Licht. Laßt uns dahin gehen, wo Feuer ist.«

Das Brussels ist vom Mindy's nur ein paar Straßen entfernt, und da wir sonst gerade nichts zu tun haben, gehen die meisten mit uns zur Achten Avenue; Wilbur torkelt vor uns her. Als wir dort ankommen, sehen wir, daß die alte Bruchbude lichterloh brennt und die Feuerwehrleute Wasser hineinkippen und die Cops die Absperrseile ausgespannt haben, um die Zuschauer zurückzuhalten. Zu dieser frühen Morgenstunde sind aber nicht viele Zuschauer da.

»Ist das nicht wunderschön?« sagt Wilbur Willard und schaut hoch in die Flammen. »Findet ihr nicht, es sieht aus wie ein Märchenschloß, wenn es so angezündet ist?«

Wilbur begreift nämlich nicht, daß die Bude brennt. Dabei kommen aus allen Ecken und Enden Jungs und Mädchen rausgerannt, die meisten halb oder gar nicht angezogen, und die Feuerwehrmänner legen für den Fall, daß jemand aus dem Fenster springen will, schon die Sprungtücher bereit.

»Wirklich, es ist wunderschön«, sagt Wilbur, »ich muß Lillian holen, damit sie es sich auch ansehen kann.«

Und noch bevor jemand kapiert, was Sache ist, wandert Wilbur Willard tatsächlich durch die Eingangstür des Brussels, als sei gar nichts. Die Feuerwehrleute und die Cops sind so verblüfft, daß sie Wilbur nur noch hinterherschreien können, aber er achtet nicht auf sie. Natürlich denken alle, das war's, jetzt ist er erledigt, aber nach zehn Minuten kommt er – kühl wie nichts durch Feuer und Rauch – durch ebendie Tür wieder heraus und hat Lillian im Arm.

»Wißt ihr«, sagt Wilbur, tritt auf uns zu, und wir stehn da, und uns fallen die Augen aus dem Kopf, »ich mußte den ganzen Weg zu meiner Etage rauflaufen, weil der Aufzug offenbar außer Betrieb ist. Der Service in diesem Hotel wird immer schlechter. Sobald ich mal wieder einen Mietabschlag bezahlt habe, beschwere ich mich in aller Form bei der Direktion.«

Da stößt Lillian auf einmal ein lautes Mi-jau aus und springt von Wilburs Arm, springt mit hohem Buckel an den uniformierten Herrschaften vorbei, und als nächstes sehen wir, wie sie durch die Eingangstür des alten Hotels saust, und was hat sie für ein Höllentempo drauf.

31

»Ach ja«, sagt Wilbur und schaut sehr überrascht drein, »da geht sie hin, Lillian.«

Und was macht dieser Schwachkopf Wilbur Willard? Er marschiert stante pede ins Brussels zurück und ist, weil mittlerweile dichter Rauch aus der Eingangstür quillt, nach einer Sekunde nicht mehr zu sehen. Natürlich überrumpelt er die Polizisten und Feuerwehrleute, denn Männer, die an ihnen vorbei in Brände hineinlaufen und wieder herauskommen, sind sie nicht gewöhnt.

Diesmal wären alle, die da herumstehen, jede Wette eingegangen – zweieinhalb oder vielleicht auch drei zu eins –, daß Wilbur nie wieder zurückkommt, denn aus den unteren Fenstern des alten Brussels prasseln Feuer und Rauch, wenn es auch aussieht, als brenne es im oberen Stockwerk noch nicht so heftig. Offenbar sind alle raus aus dem Gebäude, doch die Spritzenmänner bekämpfen das Feuer weiterhin nur von außen, denn das Brussels ist so alt und baufällig, daß sie nicht so blöde sind, sich in die oberen Stockwerke zu wagen.

Ich meine, alle sind raus aus der Bude außer Wilbur Willard und Lillian, und wir sind fest überzeugt, daß sie drinnen gut durchgebraten werden. Nur Feet Samuels läuft rum und bietet Wetten von dreizehn zu fünf bei kleinem Einsatz, daß Lillian unverletzt rauskommt, denn Feet glaubt, daß eine Katze neun Leben hat, und zu dem Einsatz ist das dann eine faire Wette.

Da kommt auf einmal eine klasse Puppe, die sich über irgendwas ereifert, und drängt und boxt sich durch die Zuschauer bis zu den Seilen und schreit so laut, daß man sich kaum denken hören kann, und ungefähr im selben Moment hören wir alle eine Stimme, die Ei-li-hei-hi-hu ruft, jodelt wie ein Schweizer, und sie ertönt vom Dach des Brussels, und als wir aufschauen, was sehen wir da? Wilbur Willard steht oben am Rand des Daches, hoch über Feuer und Rauch und jodelt aus voller Kehle.

Unter einem Arm hat er ein merkwürdig großes Bündel und unter dem anderen den kleinen Jungen, den ich im Flur mit Lillian habe spielen sehen. Als er da oben steht und Ei-li-hei-hi-hu jodelt, fängt die todschicke Puppe neben uns noch lauter an zu kreischen, als Wilbur jodelt, und die Feuerwehrleute rennen zu der Stelle unter ihm und spannen das Sprungtuch auf.

Wilbur stößt noch ein Ei-li-hei-hi-hu aus, und schon schwebt er mit ausgestreckten Beinen und dem Bündel und dem Kleinen hinunter, doch in dem Tuch landet er im Sitzen und hüpft noch ein paarmal hoch und wieder runter, bevor er dann endlich ruhig sitzen bleibt. Wahrhaftig, Wilbur hat Spaß am Hüpfen und würde wahrscheinlich immer noch hüpfen, wenn die Feuerwehrleute nicht das Sprungtuch losgelassen und ihn auf der Erde abgesetzt hätten.

Da tritt Wilbur aus dem Tuch, und ich sehe, daß das Bündel eine zusammengerollte Decke ist, und aus dem einen Ende lugen Lillians Augen. Unter dem anderen Arm hat er immer noch das Kind, dessen Kopf nach vorn und dessen Beine nach hinten rausragen, und es sieht nicht so aus, als gehe Wilbur mit dem Kind so vorsichtig um wie mit Lillian. Da steht er, schaut die Feuerwehrleute höhnisch an und sagt schließlich:

»Glaubt ja nicht, daß ihr mich in eurem Netz fangen könnt, wenn ich es nicht will. Ich bin ein Schmetterling und sehr schwer zu überholen.«

Dann schmeißt sich plötzlich die schicke Puppe, die sich die Seele aus dem Leib gebrüllt hat, auf Wilbur, entreißt ihm das Kind und fängt an, es zu herzen und zu küssen.

»Wilbur«, sagt sie, »Gott segne dich, du hast mein Kind gerettet! Ach, danke schön, Wilbur, vielen Dank! Mein verflixter Mann hat ihn entführt und ist mit ihm weggelaufen, und meine Detektive haben erst vor ein paar Stunden herausgefunden, wo er ist.«

Wilbur schaut das Mädel ungefähr eine halbe Minute komisch an und will dann gehen, aber Lillian windet sich aus der Decke, sieht aus – und riecht auch so –, als hätte sie ganz schön gebrutzelt, und der Kleine sieht Lillian und fängt an, nach ihr zu krakeelen, so daß Wilbur Lillian schließlich dem Kleinen gibt. Und weil er nicht von Lillian weggehen will, steht Wilbur ein bißchen verdattert da, und das Mädel fängt an, auf ihn einzureden, und dann gehen sie endlich zusammen weg, und als sie gehen, trägt Wilbur den Kleinen, und der Kleine trägt Lillian, und Lillian geht es mit ihren Verbrennungen gar nicht gut.

Außerdem ist Wilbur wahrscheinlich nüchterner, als er zu so einer frühen Morgenstunde seit langen Jahren gewesen ist. Bevor sie gehen, kann ich aber gerade noch ein Wort mit ihm wechseln, als er immer noch ziemlich unzusammenhängendes Zeug redet, und seinen Sätzen entnehme ich, daß er Lillian das erstemal, als er sie holen wollte, in seinem Zimmer gefunden, von dem Kleinen aber keine Spur gesehen und auch gar nicht an ihn gedacht hat, denn er weiß ja sowieso nicht, in welchem Zimmer er ist, darauf hat er ja noch nie geachtet.

Als er aber das zweitemal raufkommt, erzählt Wilbur, schnüffelt Lillian an dem Spalt unter der Tür eines Zimmers auf demselben Flur, und wenn er sich recht erinnert, dann sieht er auch, wie ein Rinnsal, das aussieht wie Wasser, durch den Spalt sikkert.

»Und«, sagt Wilbur, »weil ich nach einer Decke für Lillian suche und es garantiert nicht ohne ist, zu meinem Zimmer zurückzugehen, denk ich, ich kann mir ja eine aus diesem Zimmer holen. Ich rüttele an dem Türknauf, aber die Tür ist abgeschlossen. Da trete ich sie ein, und drinnen ist das ganze Zimmer voll Rauch, und durch die Fenster schießt das Feuer munter raus, und als ich mir für Lillian eine Decke von dem Bett schnappe, wer ist unter der Decke? Der Junge. Gut«, sagt

Wilbur, »der Junge plärrt los, und Lillian mi-jaut, und von dem ganzen Tohuwabohu werde ich nervös und denke, na, besser, wir gehen aufs Dach, lassen uns den Gestank abblasen und schauen uns das Feuer von dort an. Offenbar liegt auch ein Kerl auf dem Boden ausgestreckt in dem Zimmer neben einem umgekippten Tisch zwischen der Tür und dem Bett. Er hat eine Flasche in der Hand und ist tot. Natürlich bringt es nichts, einen Toten mitzuschleppen, also nehme ich Lillian und den Kleinen und gehe aufs Dach, und da fliegen wir mir nichts, dir nichts los wie Kolibris. Jetzt muß ich was trinken«, sagt Wilbur. »Hat wohl jemand einen Flachmann dabei?«

Na, am nächsten Tag, da sind die Zeitungen aber voll von Wilbur und Lillian, besonders von Lillian, und sie sind beide große Helden.

Aber lange erträgt Wilbur die öffentliche Aufmerksamkeit nicht, denn er hat ja überhaupt keine Zeit mehr für sich und einen ruhigen Tropfen zwischendurch. Alle paar Minuten kommen die Schreiberlinge und Photographen angerannt und wollen seine Geschichte hören und noch mehr Bilder von ihm und Lillian knipsen. Also verschwindet er eines Nachts, und Lillian verschwindet mit ihm.

Ungefähr ein Jahr später hören wir, daß er sein altes Mädel, Lillian Withington-Harmon, geheiratet hat und zu einer Menge Kohle gekommen ist und, mehr noch, trocken und schlußendlich noch ein richtig braver, nützlicher Bürger geworden ist. Wir müssen also alle zugeben, daß schwarze Katzen nicht immer Pech bringen. Aber ich behaupte, daß Wilburs Geschichte doch eher eine Ausnahme ist, denn am Anfang weiß er ja gar nicht, daß Lillian eine schwarze Katze ist, er meint ja, sie ist ein Leopard.

Eines Tages treffe ich Wilbur zufällig, er trägt todschicke, gute Klamotten und sogar Schmuck und macht eine tolle Figur.

»Wilbur«, sage ich zu ihm, »immer wieder denke ich darüber

nach, wie erstaunlich es ist, daß Lillian auf einmal eine solche Liebe zu dem kleinen Jungen entwickelt und sich daran erinnert, daß er noch im Hotel ist, und dich ein zweites Mal dort hinein und zu dem richtigen Zimmer führt. Wenn ich es nicht mit eigenen Augen gesehen hätte, würde ich nie glauben, daß eine Katze Grips genug hat, um so was zu machen, denn ich halte Katzen eigentlich für strohdumm.«

»Von wegen Grips«, sagt Wilbur, »Lillian hat nicht mal Grips genug, um einen Snowball zu mixen. Und den Kleinen, den mag sie nicht mehr als ein Hauskaninchen. Die Zeit ist gekommen«, sagt Wilbur, »die Wahrheit über Lillian zu sagen. Sie kriegt soviel Lob, das ihr nicht zusteht. Ich erzähle dir jetzt was von ihr, und das weiß außer mir niemand. Hör zu«, sagt Wilbur. »Als Lillian noch ein Kätzchen war, hab ich immer ein bißchen Scotch in ihre Milch getan, teils, damit sie groß und stark wird, und teils, weil ich noch nie gern allein getrunken habe, höchstens, wenn wirklich keiner bei mir ist. Gut, zuerst mag Lillian den Scotch in ihrer Milch nicht besonders, doch allmählich findet sie Geschmack daran, und ich mach ihr ihren Cocktail immer stärker, bis sie schließlich ein anständiges Glas ohne Milch zum Nachspülen schleckt und dann noch nach mehr schreit. Und da begreife ich auf einmal, daß Lillian eine Schnapsdrossel geworden ist, genau wie ich damals, und daß sie ihren Stoff haben muß und nur, wenn sie rundum abgefüllt ist, die Pekinesen jagt und auch sonst die harte Katze markiert. – Das Feuer«, sagt Wilbur, »das ist ungefähr zu der Zeit ausgebrochen, zu der ich morgens immer nach Hause komme und Lillian ihren Whiskey gebe. Aber als ich das erstemal ins Hotel gegangen bin und sie geholt habe, habe ich vergessen, sie abzufüllen, und sie läuft ins Hotel zurück, weil sie ihren Scotch will. Und der Grund, warum sie an der Tür des Kleinen schnüffelt, ist, daß durch den Spalt unter der Tür aus der Flasche in der Hand des Toten Scotch geflossen kommt. Ich hab das noch nie erzählt, weil ich finde, das tut dem Andenken des Toten Abbruch«, sagt Wilbur. »Denn Trinken ist wirklich eine widerliche Angewohnheit, besonders heimliches Trinken.«

»Aber wie geht es Lillian denn jetzt?« frage ich Wilbur Willard.

»Ich bin sehr enttäuscht von ihr«, sagt er. »Sie hat sich geweigert, trocken zu werden, als ich trocken wurde, und das letzte, was ich von ihr gehört habe, ist, daß sie sich mit Gregorio, dem italienischen Schnapsschmuggler, zusammengetan hat. Er hält sie die ganze Zeit gut unter Scotch, damit sie dem Pekinesen seiner Blondine ein Hundeleben bereitet.«

TOM SCHULZ
Hildakatze

Schon mit einem halben Jahr sah man an ihr ein Bäuchlein, das weder von einer Kastration herrührte, noch von angeborener Übergewichtigkeit. Das Tier neigte zu Fresskapaden. Falls es dieses Wort noch nicht gegeben haben sollte, jetzt gab es das Wort. Hilda lieferte dafür den Beweis. Sobald sie das Klappern ihres Fressnapfes auch nur im leisesten Sinn vernahm – sie döste gewöhnlich oder schlief fest –, kam sie herangewetzt mit einem fordernden Miauen. Das Aufschneiden eines Zipfels der Trockenfutterpackung musste in ihrem Gehörgang einem Glockenspiel gleichen, einer heiß ersehnten Melodie. Stellte man ihren Napf auf den Boden, begann sie, allerdings in eher mäßigem Tempo, die ihr zugeteilte Portion zu verspeisen. Ihr kleines Näschen glänzte dabei zartfeucht, und ohne an Gott und die Welt zu denken, widmete sie sich auch noch dem letzten Krümel mit inniger Zuneigung. Fragend blickte sie danach um sich: ist das alles? Und verschwand wenig später auf einem der Regale oder hinter dem Sessel. Gesehen ward sie dann für längere Zeit nicht. Bis zum nächsten Rascheln. Bei stärkerem Begehr kam sie angeprescht, oder wenn ich im Kühlschrank herumwühlte. An manchen Tagen genügte das Aufreißen einer Plastikverpackung. Oftmals hatte sie schon eine Pfote im Kühlschrankfach, bevor ich sie überhaupt bemerkte. Sie wollte sich eine der hauchdünn geschnittenen Putenscheiben angeln, und manchmal gelang es ihr; sie zerrte die offene Packung auf die Steinfliesen, und ehe ich mich versehen konnte, futterte sie bereits an einer Scheibe.

In den ersten Wochen, nachdem ich Hilda von einer Nachbarin als Ziehkatze aufgenommen hatte, war sie stets aus der Wohnung geflitzt, wenn die Tür einen Spalt offen gestanden hatte. Sie stellte sich dann mit abgespreizten Pfoten vor die Nachbarwohnung und miaute herzerweichend. Maria hatte das Verlangen, in Peru leben zu wollen, und hinterließ mir, ich konnte einmal mehr nicht nein sagen, das Tier. Ich fand in den ersten Wochen Ähnlichkeiten zwischen den beiden.

Maria und Hilda.

Beide schienen mir auf eine Art eigenwillig, auf den ersten Blick scheu, doch dann von einer gewissen Bestimmtheit.

Ich hatte mich auf meinem Ohrensessel so gut wie möglich ausgestreckt und las in Diderots »Nonne«, während Hilda mir ihre Anwesenheit weitestgehend schuldig blieb. Sie lag gewiss auf ihrem Lieblingsplatz, ihrem indianisch bestickten Andenteppich im Schreibzimmer. Gelegentlich trat sie auf die Türschwelle, streckte sich mehrere Mal und blickte herein mit einem Ausruf im Gesicht wie: »Würde es dem Herrn bequemen, sich um meine Leiblichkeit zu kümmern!« In den weiteren drei Wochen blieb Hilda in einer Trotzphase, die ich bis dahin nur von kleineren Kindern kannte. Ich trug einige Kratzwunden an den Handgelenken davon, bei dem Versuch sie näher an mich zu führen. Tatsächlich war sie erst anderthalb, höchstens zwei. Ich hätte in ihren Katzenpass schauen können, denn das Katzen sich ausweisen müssen, so sie vor eine höhere Instanz treten, war zwar ein ferner, doch stimmiger Gedanke. Ich stellte mir vor, wie Hilda, in einem Brustbeutel oder Wickeltuch fest an Maria geschmiegt, in Peru einreiste. Sie hätte ihren Pass in einer Pfote und würde damit winken. »Ich habe ein beinah Neugeborenes dabei, sie ist jetzt ein knappes halbes Jahr alt. Ist sie nicht süß?« Der Zollbeamte würde die Stirn in Falten legen. »Hören Sie, Frau La Blanca, eine Katze können Sie unmöglich in dieses Land einführen!« »Wie meinen Sie?« Zwischen den nächsten Sätzen würde eine unbehagliche Stille den Raum erfüllen. »Ich lasse mich nicht von meiner Katze trennen, egal was geschieht, oder was Sie mir androhen!« Der Zöllner würde mit leicht vordrängenden Stirnknochen erwidern: »Wie stellen Sie sich das vor, wir haben bereits Zehntausende herumstromernde Straßenkatzen, die Dreck und Krankheiten verbreiten ...« »Also wirklich, was für eine Frechheit, Sie ungehobelter Kerl, haben Sie denn überhaupt kein Herz und Verstand?«

Ich räkelte mich im Sessel und dachte an das Abendessen für Hilda und mich.

Gebratene Hähnchenleber auf einem Rucolabett. Für Hilda ohne Salat und Zwiebeln, ungewürzt, versteht sich. Ich stellte Hildas Napf unter den Esstisch und freute mich über ihren gesegneten Appetit.

Jeden Abend, wenn ich von der Arbeit heimkam, begrüßte sie mich jetzt bereits an der Wohnungstür mit einem liebevoll ausgestoßenen Laut, der mir mitteilen sollte, wie sehr ich mich jetzt um ihr Wohlbefinden zu kümmern habe.

Das Jahr neigte sich, entblätterte sich, und beim Blick auf den Kalender im Flur wurde mir klar, dass die Adventswochenenden nahten.

Am Nikolaustag kochte ich ein Suppenhuhn, um daraus ein herrliches Frikassee anzurichten. Beide aßen wir froh gestimmt. Ich hatte mehrere Kerzen angezündet und die entsprechenden Kantaten von Bach aufgelegt. Hilda wälzte sich auf ihrem indianischen Andenteppich, der jetzt neben der Wohnzimmerkommode lag.

Von Maria erhielt ich gelegentlich Nachrichten in Form kurzer E-Mails:

»Den lieben langen Tag scheint eine brennend heiße Sonne, der Wind ist allerdings mitunter sehr stürmisch, so dass eine Sandstaubwolke durch die Stadt fegt, während ich mich hinter einer großen Sonnenbrille schütze. In den Nächten wird es hingegen kühl, manchmal so kühl, dass sich Tautropfen auf der Fensterscheibe bilden und langsam herunterrinnen ...«

Wir bereiteten uns auf das Weihnachtsfest vor. Hilda sollte frischen koscheren Fisch bekommen, während ich die Gäste, meine Schwester Ulrike und ihre Tochter Lucy, mit einem Kaninchen aus dem Ofen und provenzalischem Gemüse beglücken wollte. Wie vereinbart klingelte es am späten Nachmittag und ich öffnete leichten Herzens die Tür. Ulrike fiel mir in die Arme, Lucy senkte ein wenig den Kopf, so dass ich mich zu ihr hinunterbeugte und sagte: »Was wünschst du dir am meisten, einen Fisch, der fliegen kann, oder einen Hund, der kräht?«

Hilda, die ihrem Wesen nach scheu war, fremdelte gern vor Gästen. Da ich jedoch zurückgezogen lebte, fiel dies nicht sonderlich ins Gewicht. Es kamen ja ausgesprochen wenige Gäste zu mir. So glänzte ihr Näschen feuchtzart, ihr kleines Muttermal an der Wange rief eine bisher unbekannte Geselligkeit aus.

Mit Maria hatte ich oft in ihrer Küche bis in die frühen Morgenstunden gesessen, so lange, bis uns die Füße eingeschlafen waren. Wir sprachen über eine bestimmte Art Brot, aus Bambusblättern zu backen, und über revolutionäre Ideen zur Aufhebung der Grenzen zwischen den Welten.

»Kommt rein, und setzt euch bitte! Ich habe einige Stückchen von dem guten sächsischen Stollen zur Feier des Tages.«

Seit meine Eltern vor einigen Jahren kurz nacheinander an hinterhältigen Erkrankungen gestorben waren, wurde mir Ulrike der liebste Gast. Ihre sympathische und herzliche Anspruchslosigkeit verband sich bestens mit meinem übertriebenen Sophistizismus. Für sie, die nichts von Wein versteht, kredenzte ich allzu gern meinen Lieblingsriesling aus der Pfalz, einen ausgewogen mineralischen und fruchtigen, jedoch angenehm trockenen *Deidesheimer Hofstück*. Als Vorspeise würde ich Crevetten mit hausgemachter Mayonnaise und einigen Spitzen Feldsalat und Cherrytomaten an Vinaigrette servieren. Für Lucy, die ein selten stilles Kind ist, selbstgeschnitzte Pommes Frites sowie als Nachspeise: Rote Grütze mit frischen Himbeeren.

Der Nachmittag ging in einen schönen Dämmer über; auch wenn der Schnee, der vor wenigen Tagen gefallen war, schon wieder getaut war, lag ein Zauber über den Dingen. Ich konnte es sehen; ich erinnerte mich, während wir Kaffee tranken und Lucy heiße Schokolade, wie ich als Kind an Heiligabend, ich musste sieben oder acht gewesen sein, den Weihnachtsmann plötzlich auf dem Balkon entdeckt hatte, kurz vor der Bescherung. Ich sprang hin und her durch das festlich geschmückte Wohnzimmer, der Weihnachtsbaum war bereits von Kerzen erleuchtet, und rief: »Lasst den Weihnachtsmann herein!«

Ich ahnte ja nicht, dass meine eigene Großmutter Gertrud sich als Weihnachtsmann verkleidet hatte. Sie war von kräftiger Statur, recht groß für eine Frau, sogar ein wenig angsteinflößend in dieser tiefroten Kutte mit einem weißen Rauschebart. Mutter rief: »Der Weihnachtsmann muss erst noch zu anderen Kindern. Du musst noch ein bisschen warten; erst wenn es dunkel geworden ist, klopft der Weihnachtsmann an unsere Tür ...«. »Aber wie soll er denn über den Balkon zu anderen Kindern gelangen«, antwortete ich. »Weihnachtsmänner können sowas« entgegnete die Mutter. Ich staunte. Ulrike, die drei Jahre älter war, nahm mich an die Hand und wir liefen zurück über den langen Flur in das Kinderzimmer.

»Feiern Katzen auch Weihnachten?«, fragte mich Lucy, die sonst selten sprach, und weckte mich aus meinen Gedanken. »Ja«, entgegnete ich, »Katzen feiern jeden Tag wie herrschaftliche Leute, sie sind adlige Wesen im besseren Sinn. Sie nehmen nur, was sie brauchen.« »Was sind denn das für Vasen, meinst du etwa die Hildakatze?«

Ulrike und ich lachten, prusteten. »Nimm dir noch von den Plätzchen, Schatz, wenn du magst ...«. Wie damals klopfte es plötzlich laut an der Tür. Erst einmal, dann zweimal. »Lucy, komm, wir schauen mal, wer geklopft hat.« »Du, ich hab ein bisschen Angst, aber wenn du vorgehst.« »Na klar, Mäuschen ...« Langsam, geradezu vorsichtig schlichen Lucy und ich um die Ecke des Wohnzimmers in die Diele, bis wir die Wohnungstür erreichten. Uns stockte der Atem, nur die Bretter unter den Füßen knarrten leise, sonst war kein Laut zu vernehmen. Was oder wer würde sich hinter dem Verschlag aus fünf Zentimeter dickem Metall verbergen?

»Ein Sack mit Geschenken, Geschenken, Geschenken«, kreischte das Mädchen.

Ulrike war uns gefolgt und es schien, als hätte sie Tränen in den Augen.

Als wir zurück in die Stube kamen, lag Hilda in der Mitte des Sofas und hatte ihren speziellen Blick aufgesetzt, als fragte sie: Ist das alles?

»Los, wir machen ein Foto von uns und schicken es Maria nach Peru«, rief Ulrike. »Weißt du, Lucy, in Peru feiern die Menschen auch die Geburt des Christkindes wie wir. In jener Nacht vor vielen Jahrhunderten hat die Jungfrau Maria einen Sohn zur Welt gebracht, das weißt du doch, oder?« »Ich will aber keinen Sohn, ich will meine Geschenke auspacken ...!«

Ich öffnete eine Flasche Champagner, so wie es unsere Eltern immer an Heiligabend getan hatten, und schenkte Ulrike ein. Danach mir, die Gläser klangen. »Frohe Weihnachten!« »Ja, ein Frohes Fest!«

Wir saßen noch bis nach Mitternacht zusammen. Lucy schlief im Nebenzimmer und Hilda auf ihrem indianisch bestickten Andenteppich. Ab und zu öffnete sie eines ihrer Augen und es schien so, als würde sie nach dem Rechten schauen.

»Liebe Maria, ich sende dir ein Foto von uns vieren, aufgenommen an Heiligabend. Neben mir, das sind meine Schwester Ulrike und ihre Tochter Lucy. Hilda kennst Du ja bereits. Ich habe ihr einen koscheren Fisch gedünstet. Es fehlt ihr wirk-

lich an nichts. Nur Du könntest eines Tages wieder vorbei-
schauen. Wie ist das Wetter in Lima? Scheint die Sonne den
lieben langen Tag? Es gibt einen Heiligen der Türklinken; sieh
Dich bitte vor, wohin du fasst, und denke daran, dass jedes
kleine Ding von ungeheurer Bedeutung sein kann. Was bedeu-
tet Schnee bei Sommer im Winter? Bitte verkühl Dich nicht
in den Nächten, in denen der Tau herzgroß am Fenster steht.
Hilda und ich, wir warten auf Dich; falls es Dir eines Tages lang-
weilig wird, sag einfach Bescheid . . . Feliz Navidad!«

ILSE GRÄFIN VON BREDOW
Jugendliebe

Beim Öffnen des Briefes mit dem Trauerrand mischten sich in ihm Schrecken und Neugierde. Wen hatte es denn nun wieder erwischt? Hoffentlich niemanden aus der Nachbarschaft oder aus seinem Verein, und er mußte womöglich zur Beerdigung bei diesem Schlackerwetter im Dezember. Er überflog hastig die Anzeige. »Sanfter Tod – nach langer Krankheit – meine über alles geliebte Frau – unsere gute Mutter und Schwiegermutter – in unendlicher Trauer.« Er ließ die Anzeige sinken. Evchen Richter!

Wehmut packte ihn, wie sie ihn jetzt immer häufiger überkam, merkwürdigerweise besonders bei Marschmusik. Dabei hatte er keinerlei heroische Gefühle empfunden, als es kurz vor Kriegsende noch hieß, er müsse zum Volkssturm, sondern mit seinen dreizehn Jahren großen Schiß gehabt. Bei der Generation zwischen vierzig und fünfzig stieß seine Begeisterung für Märsche auf leichtes Befremden, während die jungen Leute fern davon waren, daraus voreilige Schlüsse zu ziehen, und freundlich meinten: »Echt cool.«

Evchen Richter, seine Jugendliebe! Das brachte ihn nach langer Zeit zum ersten Mal wieder richtig aus dem Tritt. Nach dem Tod seiner Frau hatte ihm zunächst das Alleinsein sehr zugesetzt, aber jetzt führte er das beschauliche, für Gemüt und Körper bekömmliche Leben eines Rentners, und es gehörte schon etwas dazu, ihn aus der Ruhe zu bringen. Diese Anzeige zum Beispiel. Spontan beschloß er, zu Evchens Beerdigung zu fahren, obwohl der kleine Ort, in dem sie gelebt hatte und wo auch die Beisetzung stattfinden sollte, ziemlich umständlich zu erreichen war.

Im allgemeinen war Herbert Felten ein mit der Welt zufriedener Mensch und fand auch wenig an sich auszusetzen. Vielleicht sollte er manchmal nicht ganz so großzügig sein. Allmählich konnte sich der Nachbar nun wirklich selbst einen Schlagbohrer kaufen, statt mit großer Selbstverständlichkeit seinen mitzubenutzen. Vielleicht war er auch manchmal zu beherrscht. Er hätte den Busfahrer in bestimmtem Ton zurechtweisen müssen, als der ihn »Döskopp« nannte, nur weil er in der Angst, der Bus könne ihm davonfahren, anstatt den für das Öffnen der Tür vorgesehenen Knopf zu drücken, mit der Faust gegen die Scheibe geschlagen hatte. Aber er hatte nur halb verächtlich, halb verlegen gelacht, was der Busfahrer wohl als devotes Eingeständnis seiner Dusseligkeit ansah. Jedenfalls schickte er ihm noch ein mürrisches »Kaum zu glauben« hinterher.

Morgens beim Rasieren musterte Herbert sich durchaus mit Wohlwollen. Seine Haare waren noch dicht, seine Zähne tadellos, und sein vom regelmäßigen Besuch eines Sonnenstudios gebräuntes Gesicht wirkte keineswegs schlaff und müde. Nur der Hals ließ ein wenig zu wünschen übrig. Auch in der Taille hatte er leicht zugelegt, während im Gegensatz dazu seine Beine schon etwas stöckerig waren. Das aber hatte ihnen nichts von ihrer Elastizität nehmen können. Gehorsam sprangen sie trotz eines gewissen Bäuchleins noch in gutem Tempo die Treppen rauf und runter. Auch auf seine Berufsjahre blickte er mit Stolz zurück. Er hatte das gesteckte Ziel erreicht und zuletzt die Verwaltung des städtischen Friedhofs geleitet. Weil ihm die auf dem Friedhof überhandnehmenden Karnickel zu große Schäden anrichteten, war er sogar unter die Jäger gegangen, und die Karnickeljagd bereitete ihm großen Spaß. Von Kopf bis Fuß als Waidmann gekleidet, ging er fast täglich auf die Pirsch. Diesen Tieren war aber auch nichts heilig. Sie liebten es, tiefe Gänge an den unmöglichsten Orten zu buddeln, und machten weder vor den Blumen noch vor frisch aufgeschütteten Gräbern halt, wobei ihn allerdings mitunter der Gedanke beschlich, daß so ein possierliches Tierchen vielleicht sogar eine nette Gesellschaft für den Verstorbenen sein könne. Aber diese etwas merkwürdige Idee behielt er für sich. Statt dessen knallte er die Tiere unbarmherzig ab, wobei er sich manchmal dabei erwischte, daß er ein besonders niedliches Kaninchen, das da so possierlich hin und her hopste, mit einer gewissen Zärtlichkeit beobachtete, bevor er zum Schuß ansetzte.

Im Laufe der Zeit war sein Interesse an der Jagd und an den Kaninchen erloschen. Was ihm noch davon übriggeblieben war, wurde durch Lilo befriedigt, wie er die stattliche Spinne in seinem Schlafzimmer getauft hatte. So was wie Lilo hätte natürlich seine Frau Ruth nie geduldet. Aber im Gegensatz zu ihr mochte Herbert Spinnen gern und bewunderte ihre Fertigkeit, in Blitzesschnelle Netze zu spinnen. Als Junge hatte er ihnen oft Fliegen ins Netz geworfen, meistens zu schwere, die das Netz zerrissen und eine verärgerte Spinne zurückließen. Aber solche Dummejungenstreiche gestattete er sich längst nicht mehr. Zu Lilo hatte er eine besondere Beziehung. Er hatte sie heranwachsen sehen, bis sie fast die Größe eines Fünfmarkstückes erreichte. Ein wenig gruselig war es ihm vor ihr auch, und er duldete nicht, daß sie über die Zimmerdecke krabbelte und direkt über seinem Bett versuchte, ihre Fäden zu spinnen. Einmal war dabei etwas passiert, was ihn sehr erschreckte. Der Faden, an dem sie sich herunterschwingen wollte, riß, und sie landete auf seinem Gesicht. Ein äußerst unangenehmes Gefühl, diese krabbelnden Spinnenbeine. Seitdem hatte die Zimmerdecke für sie tabu zu sein, was Lilo jedoch nicht respektierte. Aber sobald sie sich dort blicken ließ, fegte er sie unbarmherzig, wenn auch mit der nötigen Vorsicht, herunter. Wenn sie sich dann auf der Auslegware zu einer verängstigten Kugel zusammenrollte, hielt er ihr eine Strafpredigt: »Selber schuld!«, und wartete ab, bis sie sich nach einer Weile, so schnell sie konnte, in einer Ritze verkroch. Ihr eigentlicher Stammplatz war die Nähe des Fensters. Dort hatte sie ihre Zentrale, die allerdings nach einer gewissen Zeit Patina ansetzte und schon recht verstaubt wirkte. Herbert Felten war es ein Rätsel, wie sich Lilo überhaupt am Leben hielt bei den wenigen Fliegen, die sich dort verfingen. Auch hatte er sich schon überlegt, ob er sie nicht vorsichtig mit einem Stück Toilettenpapier packen und aus dem Fenster werfen sollte. Aber er brachte es nicht übers Herz. Wahrscheinlich wäre sie in Sekundenschnelle von einem Vogel verspeist worden.

So lief sein Leben im allgemeinen zu seiner Zufriedenheit im Gleichmaß dahin. Und nun diese Anzeige. Sie brachte wieder etwas in Erinnerung, was ihn bis heute wurmte und woran er nun nach fünfzig Jahren so jäh erinnert wurde. Warum, verdammt noch mal, war es ihm nicht gelungen, Evchen Richters Liebe zu gewinnen? Was, zum Teufel, hatte er falsch gemacht? Schon während ihrer Schulzeit war er vergeblich hinter ihr her gewesen, diesem eher mickrigen, immer etwas schmutzigen Geschöpf mit den zerschrammten Beinen und dem breiten ostpreußischen Dialekt, über den die ganze Klasse lachte, wenn sie eine verballhornte Ballade aufsagte: »Da tat er dreimal auf dem Daumen pfeifen, weil mang die Ritters kein Trompeter war.« Das Flüchtlingskind Evchen war mit ihren Eltern bei einer entfernten Tante einquartiert und versuchte, wo es ging, dem engen Zusammenleben zu entgehen. Wann immer möglich, verzog sie sich zu ihrer besten Freundin Ruth, die sie fest unter dem Daumen hatte und die alles tat, was Evchen wollte. Die beiden tauchten überall gemeinsam auf, und Herbert war es nicht einmal vergönnt, seine Angebetete allein für die Schule abzuholen. Er war noch nicht vom Rad gestiegen, da tauchte schon Ruthi auf und gab sich jedesmal erstaunt, ihn hier zu treffen. »Ach, du schon wieder?« bemerkte sie mit ihrer hellen Stimme. »Ja, ich schon wieder«, entgegnete er mürrisch. Hatte denn diese dumme Zimtzicke nichts Besseres zu tun, als jedesmal hier aufzukreuzen? Aber eine Zimtzicke war Ruth eigentlich nicht. Genaugenommen war sie die Hübschere von beiden, wenn auch vielleicht schon mit einem kleinen Ansatz von Rundlichkeit, wie es sich um ihr Kinn abzeichnete, was aber durch einen guten Teint und eine hübsche Nase wettgemacht wurde. Dagegen wirkte Evchen eher wie eine Heuschrekke. Ihre wie von bräunlichem Staub gepuderten Arme und Beine schlenkerten hierhin und dahin, und ihre stattlichen Zöpfe flogen im Takt dazu. »Was willste bloß mit der?« fragten ihn seine Freunde. »Da kannste ja gleich eine Strohpuppe streicheln.« Aber sie zu streicheln war ein ebenso großer Wunsch wie sie in den Schwitzkasten zu nehmen, um sie gefügig zu machen. Doch sie verspottete seine ungeschickten Annäherungsversuche nur mit ihrem kieksigen Lachen und hielt ihn auf Distanz. Gleichzeitig nutzte sie ihn weidlich aus und borgte sich ständig das Kostbarste, was man in der damaligen Zeit besitzen konnte: sein Fahrrad. Und jedesmal bangte er, daß es dabei womöglich völlig zu Bruch ging. Gelegentlich durfte er sie auch als lebendiges Gepäck befördern. Dann jagte er mit ihr die bergige Straße hinunter, so daß sie sich notgedrungen an ihm festklammern mußte, um auf dem holprigen Pflaster nicht das Gleichgewicht zu verlieren, was sie mit schrillem Gekreische tat und was ihm das köstliche Gefühl gab, sie völlig in der Hand zu haben. Auf jeden Fall war er dann endlich mal mit ihr allein, ohne diese lästige Busenfreundin Ruth.

Doch die hatte inzwischen, im Gegensatz zu Evchen, ihr Herz für ihn entdeckt, und ohne daß er es recht gewahr wurde, eroberte sie ihn sich mit sanfter Beharrlichkeit und wurde seine Vertraute. Sie war ein angenehmes, vernünftiges, stets sehr adrett gekleidetes Mädchen, im Gegensatz zu ihrer Freundin, die immer etwas schlampig herumlief und sich an fehlenden Knöpfen, zipfelnden Unterröcken und aufgeplatzten Nähten nicht störte. Auch Herberts Eltern fanden Gefallen an seiner Freundin. Bald kluckten Herbert und Ruth mehr zusammen, als der Sache dienlich war, vor allem, nachdem Evchen ganz plötzlich mit ihren Eltern aus der Stadt verschwand und Herbert dringend getröstet werden mußte. Die Folgen des Trostes blieben nicht aus, Ruth erwartete ein Kind. Natürlich heiratete er sie, und wenn sie auch nicht die ganz große Liebe war, so fiel es ihm doch nicht besonders schwer. Er beendete seine kaufmännische Lehre und fand eine Stelle beim Magistrat.

Zehn Jahre vergingen, ehe er wieder etwas von seiner Jugendliebe hörte. Ruth traf sie rein zufällig bei einer Geburtstagsfeier. »Na so was«, sagte er zunächst etwas zerstreut, als ihm seine Frau davon berichtete. »Wie geht es ihr denn?«

»Ich glaube, sehr gut. Sie macht jedenfalls einen recht zufriedenen Eindruck. Ihr Mann scheint Arzt zu sein.«

Ein Akademiker. Das gab ihm einen Stich. Und dann wollte er wissen, ob sich Evchen verändert habe.

»Sie ist überhaupt nicht älter geworden und sieht richtig gut aus.«

»Du doch auch«, sagte er. »Wenn man's genau nimmt, warst du die Hübschere von euch beiden.«

Sie warf ihm einen prüfenden Blick zu. »War ich das?«

»Du warst es nicht, du bist es noch immer.« Er gab sich unbefangen. Aber er merkte, wie Evchens unerwartetes Auftauchen ihn mehr und mehr zu beschäftigen begann.

»Wir hatten uns natürlich eine Menge zu erzählen«, sagte Ruth, »wie du dir denken kannst. Wir sollen sie unbedingt besuchen. Sie wohnt gar nicht weit von uns, eine Stunde mit dem Auto höchstens.«

»Ach, ich weiß nicht recht.« Er tat lustlos, und sie sagte, ein bißchen zu schnell, wie er fand: »Wenn du nicht willst, lassen wir's.«

Aber irgendwann hatten sie sich dann doch auf den Weg gemacht. Zu seiner Genugtuung war Evchens Mann keineswegs ein Arzt, sondern vertrat eine Firma, die Krankenhäuser und Heime mit Gardinen, Handtüchern und Bettwäsche ausstattete. Es stimmte, Evchen hatte sich kaum verändert. Und ihr kieksiges Lachen tat prompt seine Wirkung und ließ seine Gedanken nur noch um sie kreisen. Doch Ruth trat die Flamme aus, ehe sie richtig lodern konnte. Sie ließ die Verbindung zu der wiedergefundenen Freundin schnell einschlafen. Und von sich aus den Kontakt aufzunehmen, war er zu feige gewesen. Noch im nachhinein ärgerte er sich darüber, obwohl das nun auch schon wieder dreißig Jahre zurücklag.

Das Wetter war umgeschlagen, auf den Straßen war es glatt geworden. So verzichtete er auf sein Auto und nahm den Zug. Nach der Beerdigung fand sich die Trauergemeinde in Evchens Wohnung zusammen, und er stellte zu seinem Erstaunen fest, daß die Einrichtung seiner eigenen fast aufs Haar glich. Nicht, daß er zerschlissene Polster und fleckige Gardinen erwartet hatte, obgleich er sie dem Evchen, an das er sich erinnerte, zugetraut hätte. Aber in diesem untadeligen Wohnzimmer, in dem die Möbel wie in einem Katalog aufgestellt waren, fand er nichts von seinem Evchen wieder. Als er auf dem mit hellgelbem Leder bezogenen Sofa Platz nahm, diesem wuchtigen Ungetüm, zu dem ebenso wuchtige Sessel gehörten, erinnerte ihn das Ganze eher an seine Ruth, die ganz versessen auf solch eine Garnitur gewesen war, obgleich er sie nie besonders behaglich gefunden hatte.

Natürlich konnte sich Evchens Mann nicht mehr an ihn erinnern und wußte ihn nicht richtig einzuordnen. Ein entfernter Vetter vielleicht? Vater und Sohn sahen ihn fragend an, und er erklärte ihnen etwas verlegen, daß er mit Evchen in derselben Klasse gewesen war. »Und deshalb machen Sie sich auf den weiten Weg?« Die beiden waren gerührt, und Herbert stellte fest, daß Evchens Sohn ihn an seinen eigenen Jungen erinnerte: derselbe Haarschnitt, dieselbe Art, sich zu kleiden, dieselben Redewendungen und dieselbe Lebensweise, wie es für Angestellte im mittleren Management der Filiale einer ausländischen Firma in Deutschland üblich war. Während sie miteinander höfliche Worte wechselten, öffnete sich plötzlich lautlos die angelehnte Zimmertür, und eine wunderschöne getigerte Katze betrat den Raum. Sie strich schnurrend um die Beine des Hausherrn und sprang ihm dann auf den Schoß. Er streichelte sie, wie Herbert Felten fand, mit einer gewissen Vorsicht. »Das ist Linchen, Evchens ein und alles. Aber ziemlich wild und unberechenbar. Ich weiß nicht recht, was ich mit ihr anfangen soll. Ich möchte gern zu meinem Sohn ziehen, und er hat einen Dackel, dem Katzen ein Greuel sind.« Der Sohn nickte ernst. »In der Nachbarschaft heißt er nur der Katzenkiller. Hab schon eine Menge Ärger deshalb mit ihm gehabt.«

Linchen hatte inzwischen den Platz gewechselt und kauerte auf der Lehne eines der Lehnsessel. Sie schnurrte jetzt nicht mehr, und ihr Schwanz peitschte aufgeregt hin und her, als hätte sie Evchens Mann genau verstanden. Irritiert betrachtete Herbert das Tier, das ihn mit angelegten Ohren aus engen Augenschlitzen anfunkelte. Typisch Evchen, dachte er, sich so ein Vieh zuzulegen.

Die Trauergäste verabschiedeten sich nach und nach. Nur Herbert Felten fand wieder einmal nicht den Absprung, eine Untugend, die Ruth schon oft an ihm bemängelt hatte. Außerdem war noch eine gute Stunde Zeit bis zur Abfahrt seines Zuges, und er verspürte wenig Lust, bei dem naßkalten Wetter auf dem Bahnhof zu stehen oder in einem der verglasten, mit Zigarettenstummeln übersäten Wartehäuschen auf dem Bahnsteig herumzusitzen. Auch Evchens Sohn hatte sich inzwischen verabschiedet, und so blieben der Vater und er allein zurück. Dem Witwer schien es nur recht zu sein. Sie führten das übliche ruhige Männergespräch über ihre Berufe, aus denen sie sich verabschiedet hatten, und jeder erklärte dem anderen etwas umständlich, wie es darin zugegangen war und wie interessant die Aufbaujahre gewesen seien, die nun längst der Vergangenheit angehörten. Zwischendurch prostete man sich gegenseitig mit etwas schwerer Zunge zu, denn der Hausherr hatte nun die stärkeren Getränke aus dem Butzenschrank geholt, so daß man sich allmählich näherkam und sich damit das Gespräch auch Evchen zuwandte, die, wie Herbert seinem neuen Freund nun eingestand, nicht nur seine Klassenkameradin, sondern seine große, unerfüllte Liebe gewesen war. Fotoalben wurden herbeigeholt, und Herbert stellte voller Bedauern fest, daß ihn statt des geliebten schlenkrigen Geschöpfes mit den unordentlichen Zöpfen eine vollbusige Matrone mit kurzen, steifen Löckchen anblickte. Ihr Mann behauptete noch dazu allen Ernstes, daß dieses Geschöpf, das Herbert als so spröde in Erinnerung hatte, ein wahres Wunder an Anschmiegsamkeit gewesen sei und selbstverständlich eine perfekte Hausfrau und Mutter. Herbert, mit gutem Cognac reichlich abgefüllt, fragte mit runden Augen: »Wie hast du das denn fertiggebracht?«

Evchens Mann gab zu, daß das am Anfang so seine Schwierigkeiten gehabt hatte. »Aber mit Geduld und Spucke, na, du weißt schon.« Er lachte komplizenhaft. Herbert wußte gar nichts, aber es wurmte ihn außerordentlich.

Danach mußten sie endgültig versackt sein, denn Herbert hatte nur noch schemenhafte Erinnerungen. Jedenfalls fand er sich plötzlich in einer Taxe wieder, neben sich ein verschließbares Körbchen, aus dem ärgerliches Miauen tönte, und hörte den Taxifahrer nach dem Ziel fragen. Erst als er in seiner Wohnung stand und die große Tüte mit allerlei Katzenzubehör auspackte, wurde ihm richtig klar, was er sich da hatte aufhalsen lassen. Er hatte noch nie eine Katze besessen und beobachtete mißtrauisch, wie sie aus dem Korb kletterte. Im Gegensatz zu ihm schien Lina jedoch die Situation zu akzeptieren. Jedenfalls spazierte sie mit hocherhobenem Schwanz durch die Räume, als beherrsche sie dieses Terrain seit Jahren, und sprang schnurstracks auf Herberts Heiligtum, den Kuschelsessel vor dem Fernseher, was er natürlich unmöglich dulden konnte. Er scheuchte sie mit barschen Worten weg, worauf sie ihre Krallen in die Veloursgardinen schlug und versuchte, sie als Schaukel zu benutzen. Herbert seufzte. Was hatte er sich da nur eingebrockt! Wer weiß, auf was für Gedanken dieses Tier sonst noch kam. Vorsichtshalber stellte er ihren Korb und das Katzenklo für die Nacht in die Küche. Dort konnte sie wenigstens nicht allzuviel Schaden anrichten.

Aber das war ein Irrtum. Er war gerade ins Schlafzimmer gegangen und ärgerte sich über Lilo, die sich wieder einmal an der Zimmerdecke direkt über dem Kopfende seines Bettes plaziert hatte, da drang aus der Küche ein fürchterliches Klirren und Scheppern. Er stürzte hinein und fand die Katze etwas verdattert zwischen Porzellan- und Glasscherben auf dem Boden sitzend. Sie war in den offenstehenden Hängeschrank gekrochen, und dabei waren Teller und Tassen ins Rutschen gekommen. Ein schlechtes Gewissen schien sie jedoch nicht zu haben, denn während er die Scherben zusammenkehrte, saß sie daneben und putzte sich seelenruhig, als ginge sie das Ganze nichts an. Und sein fassungslos hervorgestoßenes »Verdammtes Mistvieh!« quittierte sie nur mit einem kurzen, gelangweilten Blick. Wenigstens war Lilo einsichtig gewesen. Sie hatte sich, wie er bei der Rückkehr ins Schlafzimmer sah, von ihrem Lieblingsplatz entfernt und auf der gegenüberliegenden Wand niedergelassen.

Im Badezimmer stellte er zum wiederholten Male fest, daß er sich dringend eine neue Zahnbürste kaufen müßte und daß Waschlappen und Handtücher längst in die Waschmaschine gehörten. Um solchen Kleinkram hatte er sich natürlich während Ruthis Lebzeiten nie kümmern müssen. Was für eine wundervolle Ehefrau war sie doch gewesen! Aber auch sie konnte mit ihm zufrieden sein. Nie hatte es Streitereien ums Geld gegeben, nie hatte er, wie andere Männer, herumgenörgelt, wenn sie in seinen Augen reichlich leichtsinnig damit umging. Nie hatte er sie betrogen oder so gut wie nie. Irgendwann war man sich ja einfach schuldig, zu beweisen, daß die Karnickeljagd nicht das einzige Abenteuer seines Lebens war. Aber daß er nun in der Phantasie seiner Jugendliebe nachjagte und sich sogar ihre Katze hatte aufschwatzen lassen, das hatte Ruthi nicht verdient.

Er stopfte Badelaken, Handtücher und Waschlappen in die bereits übervolle Waschmaschine und stellte sie an. Die Maschine schien wie vom Donner gerührt, daß man sie derart malträtierte, und es dauerte eine Weile, bis sie sich mit einem klagenden Laut in Bewegung setzte und ächzend die schwere Masse hin und her wälzte.

In den Tagen bis zum Heiligabend sorgte Linchen reichlich für weitere Aufregungen. In einem unbewachten Augenblick machte sie sich in seinem Bett breit und haarte das Laken so voll, daß er ein frisches aufziehen mußte. In der Küche konnte er sie nicht allein lassen, da sie nach kurzer Zeit spitzgekriegt hatte, wo der Kühlschrank war, ihn im Nu öffnete und ausräumte. Nichts war vor ihren Pfoten sicher, und Herbert hatte bald das Gefühl, nur noch »Pfui!«, »Nein!«, »Wirst du mal!« und »Laß das!« hervorzubringen. Und dann, zu allem Überfluß, war Linchen plötzlich verschwunden. Er suchte sie stundenlang in allen Ecken und Winkeln, in Schränken, sogar im Kühlschrank. Er rief und lockte, lief im Hausflur treppauf, treppab, sah im Vorgarten unter allen Büschen nach, in der Angst, sie könne womöglich aus dem Fenster gefallen sein. Aber Linchen war nicht zu finden. Als er völlig ratlos zum wiederholten Mal unter seinem Bett gesucht hatte und den Blick zum Kleiderschrank hob, saß dort die Katze und beobachtete ihn regungslos und, wie ihm schien, leicht amüsiert. Während Herbert fassungslos starrte, reckte sie sich, glitt anmutig an der Schrankwand hinunter und lief miauend in die Küche, womit sie ihm zu verstehen gab, daß er sich gefälligst um ihr Futter kümmern sollte, was Herbert auch gehorsam tat. Aber ihr beim Fressen zusehen durfte er wie üblich nicht. Er sah sie finster an. Ungeheuerlich! In seiner eigenen Küche!

Weihnachten mußte er wegen Linchen natürlich zu Hause und allein verbringen und konnte nicht, wie sonst jedes Jahr seit Ruthis Tod, am Heiligabend zu den Nachbarn gehen. Sein Sohn war wie üblich beruflich verhindert, ihn zu besuchen. Trotzdem wollte er nicht auf einen Weihnachtsbaum verzichten, und er beschloß, es sich so gemütlich wie möglich zu machen. An den Feiertagen würde sicher, wie jedes Jahr, dieser oder jener aus seinem Bekanntenkreis vorbeikommen, und ein geschmückter Weihnachtsbaum mit allem Zubehör trug zur gemütlichen Stimmung entschieden bei. Während er sich abplagte, eine sorgsam ausgesuchte Tanne auf dem Dach seines Autos festzubinden, fiel ihm ein, daß Evchens Mann ihm erzählt hatte, in seinen Augen seien die Vorbereitungen fürs Weihnachtsfest mit allem Drum und Dran eine reine Frauenangelegenheit, auch der Kauf eines Weihnachtsbaums. Und vor ihm zeichnete sich das Bild eines ihm völlig fremden Evchens ab, das diensteifrig eine Tanne nach Hause schleppte. Ruthi hätte er so etwas nie zugemutet.

Als er den Baum ins Zimmer balancierte, erschrak Linchen so, daß sie sich unter den Glasschrank mit den Butzenscheiben verkroch. Eigentlich war er für ihre Größe viel zu niedrig, aber die Angst verwandelte sie in eine Art Flunder. Dafür schien es ihr unmöglich, im Rückwärtsgang wieder ans Tageslicht zu gelangen. Sie kratzte und schrie, so daß Herbert Felten himmelangst wurde. Vergeblich versuchte er, das geschnitzte Ungeheuer aus massiver Eiche – er konnte sich noch gut an den horrenden Preis erinnern – ein wenig in die Höhe zu stemmen. Er mußte den Schrank erst ausräumen, bis es ihm gelang und Linchen, mit Staubfusseln bedeckt, Büroklammern, einen Kaugummi und Ruthis längst verloren geglaubte Ansteckperle im Fell, wieder zum Vorschein kam.

Als er die Tanne schmückte, brachte sie drei der Lieblingskugeln seiner Frau zur Strecke, indem sie sie mit der Tatze von den Zweigen fegte. Aus Pietätsgründen hatte er sogar die Krippe aufgestellt, die Ruthi vor vielen Jahren während eines Urlaubs im Bayerischen Wald gekauft hatte. Doch ehe er es sich versah, hatte Linchen einen der Weisen aus dem Morgenland weggeschleppt und zu einem unförmigen Klumpen zerkaut. Aber besonders fasziniert war sie von dem Lametta. Sie zupfte es Faden für Faden herunter, und er konnte sie nur mit Mühe daran hindern, es so gierig zu verschlingen, als seien es Nudeln.

Während sie ihn mit ihrem Schabernack in Atem hielt, tauchten längst vergessene Bilder aus seiner Jugend vor ihm auf, und er erinnerte sich an all die verrückten Dinge, die Evchen mit ihm angestellt hatte: Luft aus dem Reifen gelassen, die Ärmel seiner Windjacke zugenäht und seine Kleidung versteckt, als sie an einem ziemlich kühlen Tag im nahen See baden gegangen waren, und er hörte wieder ihr kieksiges Lachen, das ihn in Wut brachte, während er bei der vergeblichen Suche vor Kälte schon ganz blau anlief. Wie oft war er von ihr versetzt worden, wenn sie sich verabredet hatten. Er hatte sich wirklich eine Menge von ihr gefallen lassen. Nur einmal hatte er es ihr heimgezahlt. Aber ihm fiel nicht mehr ein, womit. Merkwürdigerweise war sie ihm nicht böse gewesen, duldete sogar, daß er den Tag darauf den Arm um sie legte, sie hin und wieder an sich zog, und gestattete ihm zum ersten Mal, einen ungeschickten Kuß zu landen, wobei ihm ihre strohigen Haare, die sie gern wie einen Vorhang übers Gesicht fallen ließ, in den Mund gerieten. Ganz benebelt vor Glück war er gewesen, so daß er klaglos für seine Mutter den Mülleimer nach unten trug, ja freiwillig das Treppenhaus wischte.

Das Glück hielt drei Monate an, und sie lud ihn sogar ein, den ersten Weihnachtstag bei ihnen zu verbringen. Die Familie wohnte, der Nachkriegszeit entsprechend, sehr beengt. Trotzdem hatte man noch ein Plätzchen für den Weihnachtsbaum gefunden. Er bekam auch etwas geschenkt, ein Paar Pulswärmer, allerdings nicht von Evchen, sondern von ihrer Mutter gestrickt. Und er revanchierte sich mit ein paar Feuersteinen, Kerzen und einem Glas selbstgekochtem Sirup. Die Stube war voller als ein Wartezimmer beim praktischen Arzt, und während sie auf dem winzigen ausgesessenen Sofa, das Evchen gleichzeitig als Schlafstelle diente, dicht nebeneinander saßen und ein wenig herumplänkelten – »Laß doch mal« – »Zeig doch mal« – »Erzähl doch mal« –, drangen, ohne von ihm wirklich wahrgenommen zu werden, die Schilderungen der Erwachsenen über ihre Flucht in sein Ohr: »Und die Panzer, einfach rein in den Treck!« – »Überall Blut!« – »Und Opa mit seinem gebrochenen Fuß!« – »Den Ortsgruppenführer sollen sie gleich erschossen haben!«

Doch von einem Tag auf den anderen war es mit Evchens Freundlichkeit vorbei, und sie gönnte ihm höchstens noch ein unpersönliches »Hallo«, wenn sie ihn traf.

Ärgerlich über sich selbst, daß er sich diesen unerquicklichen Erinnerungen hingegeben hatte, schnauzte er Linchen an, die gerade wieder Anstalten machte, die Gardine als Schaukel zu benutzen. Dieses Vieh machte wirklich mit ihm, was es wollte, und ihr höhnisch klingendes Miauen, mit dem sie alle seine Strafpredigten zu quittieren pflegte, brachte ihn in Wut. Doch den absoluten Höhepunkt ihrer Missetaten erreichte sie am Heiligabend. Zunächst hatte es den Anschein, als sei sie gewillt, diesem besonderen Tag Rechnung zu tragen und sich von ihrer angenehmsten Seite zu zeigen. Sie strich schnurrend um Herbert herum, ließ sich von ihm kraulen, rieb ihren Kopf an seinem Bein und sprang zu seiner Überraschung sogar auf seinen Schoß, wo sie es allerdings nicht lange aushielt. Er hatte die Kerzen angezündet und den Fernseher angestellt, in den sie ebenfalls mit leisem Schnurren hineinstarrte, wobei sie die Augen hin und wieder zu einem Spalt zusammenkniff, als blende sie das Licht. Er beachtete sie nicht weiter. Ein Glas Rotwein neben sich, erfreute er sich, bequem auf dem Fernsehsessel Venedig hingestreckt, an einem Tierfilm. Plötzlich gab es nur noch Schneegestöber. Linchen war unbemerkt vom Sofa aufgesprungen und hatte an dem Antennenkabel herumgekaut.

Herbert geriet völlig außer sich. Dieses Mistvieh würde er schon Mores lehren. Er schrie sie fürchterlich an und drohte ihr, sie postwendend zu dem katzenkillenden Dackel zu schikken. Sie stieß ihr klägliches Miauen aus und versuchte sich zum zweiten Mal unter den Glasschrank zu zwängen, was er gerade noch rechtzeitig verhindern konnte, indem er sie roh am Schwanz zog. Dann packte er sie, sinnlos vor Wut, im Genick, raste mit ihr ins Schlafzimmer, riß das Fenster auf und hielt die zappelnde, fauchende Katze über den Abgrund. Vielleicht vor Schreck, vielleicht, um neue Kräfte zu sammeln, sich von seiner Hand zu befreien, erschlaffte Linchen. »Warte nur, ich zahl's dir heim!« sagte er, und plötzlich fiel ihm ein, was er mit Evchen angestellt hatte, um es ihr heimzuzahlen. Er hatte sie beim Schwimmen so lange unter Wasser gedrückt, bis sie für einen Augenblick das Bewußtsein verlor.

Er zog seinen Arm zurück und ließ die Katze auf die Erde fallen. Sie wetzte aus dem Schlafzimmer, rannte ins Wohnzimmer und verkroch sich. Niedergeschlagen setzte er sich auf sein Bett. Was für ein Weihnachtsfest! Er beschloß, schlafen zu gehen. Gottlob machte ihm Lilo wenigstens keine Scherereien. Sie saß friedlich in Tischhöhe rechts neben der Tür. Er betrachtete sie, während er seine Schuhe auszog, und hatte plötzlich den heftigen Wunsch, sie zu zerquetschen. Arme, treue Lilo, dachte er, und Schwermut überfiel ihn. Weit war es mit ihm gekommen. Nicht mal so eine dusselige Katze hatte Respekt vor ihm. Er war ein Nichts, ein Niemand, ein alter Mann.

Seine trüben Gedanken wurden von einem leisen Miauen unterbrochen. Er öffnete die Tür, und Linchen kam in Demutshaltung, fast kriechend, herein. Vorsichtig streckte er seine Hand aus, und sie begann heftig zu schnurren. Plötzlich wurde ihr Körper steif. Sie hatte Lilo entdeckt. Sie duckte sich, und ihr Schwanz peitschte hin und her. Kein Zweifel, sie setzte zum Sprung an. »Untersteh dich!« rief Herbert Felten. »Ich bring dich um!« Erschöpft ließ er sich wieder auf sein Bett fallen. So vielen Aufregungen war sein Herz nicht gewachsen.

Linchen gehorchte, sprang auf Herberts Schoß und rieb ihren Kopf an seinem Arm. Er streichelte sie gerührt. »Ich werd's dir schon zeigen«, sagte er mit zärtlicher Stimme. Als er ihren Hinterlauf berührte, zuckte sie mit einem schmerzlichen Miauen zusammen. »Und Rheuma haben wir anscheinend auch.« Er sah zu Lilo hinüber, und für einen Augenblick kam es ihm vor, als mache sie ihm mit zweien ihrer Beinchen das Victory-Zeichen. In plötzlichem Triumphgefühl begann er laut zu pfeifen, und in das Läuten der Glocken, die durch das Fenster zur Christmesse riefen, mischte sich der Pariser Einzugsmarsch. Doch plötzlich spürte er Linchens Fell nicht mehr unter seiner Hand, und er starrte auf einen braunen Fleck an der Wand, der einmal Lilo gewesen war.

BOHUMIL HRABAL

Mohrchen, Söckchen und Renda

Kam meine Frau uns übers Wochenende besuchen, dann seufzte sie, wo sollen wir nur mit all den Katzen hin? Ich tröstete sie, aber du weißt doch selbst, wir haben auf einmal fünf Katzen, und im Frühjahr verschwinden sie alle, eins kommt nicht heim, wir laufen bei Nacht herum und rufen, doch das Kätzchen zeigt sich nicht, dann das zweite, das dritte, zuletzt bleibt uns nur eins, bis auch dieses wegläuft und nicht mehr wiederkehrt ... Doch sobald meine Frau die Tierchen sah, lamentierte sie weiter: Wo sollen wir mit all den Katzen hin? Doch selber freute sie sich auf den Morgen, auf das Erwachen, wenn ich aufstand, die Tür aufmachte und die fünf Jungkatzen in die Küche hereinließ; erst schleckten sie zwei Teller Milch leer, und dann krochen wir alle wieder ins Bett, und die Katzen kamen und wärmten sich in den Federn. Drei Katzen steckte ich immer meiner Frau ins Bett, auf die Pritsche, und so ruhten wir zusammen mit den Tierchen, die zufrieden einschlummerten. Renda, Sägemüller und Mohrchen waren immer bei meiner Frau, und bei mir lagen die beiden Kätzchen mit den weißen Söckchen und dem weißen Brustlatz, das schwarze Kätzchen hatte ich Mohrchen getauft, und das getigerte Katerchen war das Söckchen. Am liebsten war mir aber Mohrchen, nicht sattsehen konnte ich mich an ihr, und sie hatte mich so gern, daß sie fast ohnmächtig wurde, wenn ich sie auf den Arm nahm und an meine Stirn drückte und ihr süße Liebeserklärungen ins Ohr flüsterte, ich hatte etwa das Alter erreicht, wo man nicht mehr in eine schöne Frau verliebt sein mochte und konnte, schließlich hatte ich schon eine Glatze und Falten im Gesicht, doch die Kätzchen liebten mich so, wie mich die Mädchen geliebt hatten, als ich jung war, meinen Kätzchen bedeutete ich alles, ich war ihnen Vater und Geliebter zugleich. Am meisten zugetan war mir aber das Kätzchen mit den weißen Söckchen und dem weißen Brustlatz, das Mohrchen. Sobald ich sie ansah, schmolz sie dahin, wurde sie ganz demütig, und ich mußte sie auf den Arm nehmen, worauf sie für einen Augenblick das Bewußtsein verlor unter dem Ansturm von Gefühl, das von mir zu ihr und von ihr zurück zu mir strömte, und dann stammelte ich vor Glück. Diese Morgen, da die fünf Katzen zu uns ins Bett schlüpften, diese Morgen waren unser Familienglück, die Katzen waren unsere Kinder. Jeden Morgen jedoch, wenn sich die Katzen aufgewärmt hatten, wenn sie sich von der Nachtkühle erlöst fühlten, begannen sie mir nichts, dir nichts, grüppchenweise oder alle auf einmal, sich zu balgen, übereinander herzufallen, sie konnten an den Gardinen schaukeln, sie rannten und wetzten hin und her, immer wieder bufften ihre Köpfchen gegen Schrank und Stühle, eine halbe Stunde lang tobten die Katzen durch die Küche, warfen unsere Kleider und Wäschestücke von den Stühlen, sie schleppten aus der Küche Handtücher herbei, zerrten und rissen an den Schuhen und Pantoffeln, sausten unter die Zudecke und kämpften dort im Dunkeln weiter, rollten sich zu Knäueln zusammen, alles, was auf dem Tisch stand, schubsten die Katzen herunter ... Ungefähr dreißig Minuten hielt diese meschugge Stunde vor, bis die Katzen japsten und erschöpft, mit hängenden Zünglein, auf den grünen Teppich niedersanken, sich auf den Stühlen lagerten, sich gegenseitig beleckten, einander mit langen Zungen strichen, wiederherrichteten, einander das Pelzchen an Hals und Kopf putzten. Dann schlummerten sie wieder ein und seufzten süß ... Dieses Ritual der meschuggen Stunde wiederholte sich jeden Tag. Nur wenn es draußen regnete und kühl wurde, wenn es zu schneien begann, wenn sich die halbwüchsigen Kätzchen zu Katern und Katzen gemausert hatten und ich machte morgens die Tür auf, dann wollten alle Katzen sich erst einmal wärmen, wollten Milch trinken, und gab es Frost, dann schmiegten sie sich an den Ofen, machten die Hälse lang und wärmten sich ihre Katzenköpfe, bis diese nur so dampften. In der Winterzeit wurden alle Katzen ernst, sie hatten Angst: Was, wenn ich nicht käme? Meist schliefen sie auf der Terrasse, im Heu oben unterm Dach, von da, vom Obergeschoß aus hatten sie den Waldweg im Auge, der von der Chaussee herführte, und kam ich mit dem Autobus und watete durch den Schnee, dann fiel mir an einem bestimmten Punkt des Weges die Terrasse ins Auge, das offene Rechteck unterhalb des Dachbodens, wo sich Katzenöhrchen aufstellten und Katzen heraussprangen, ich sah ihre Füßchen die hölzernen Stufen herablaufen, sah sie mir entgegeneilen, mich umschmeicheln ... Stets nahm ich eine nach der anderen in den Arm und küßte sie unterm Hälschen, und sie drückten sich an mich, da ich ihnen die Freude gemacht hatte, sie nicht zu vergessen, ich schloß den Gang auf, wo das Wasser im Eimer gefroren war, ich schloß die Kammer auf, und die Tierchen drängelten sich hinter den Ofen, rasch heizte ich ihn mit Holz an und wärmte erst hinterher die Milch für sie, oft war in der kleinen Küche das Wasser in der Waschschüssel gefroren ... Eine halbe Stunde später aber waren Ofen und Ofenrohr schon warm, die Katzen schleckten die Milch und lagen wieder mit gestreckten Köpfen am Ofen, lange wärmten sie sich so, erst nach einer Stunde erschlafften sie, verteilten sich auf den Stühlen und drusselten ein, nachdem ich ihnen Fische geschnitten, nachdem ich ihnen Fleisch gegeben, nachdem ich ihnen Käsestückchen hingebrockt hatte. Dann erst schrieb ich meine Texte, die Maschine ratterte, ich mußte mich beeilen, nie hatte ich Zeit für die stilistische Reinheit eines Textes, ich mußte schnell schreiben, um mich den Katzen widmen zu können, denn alle, mochten sie auch mit geschlossenen Augen daliegen, sahen mir durch den Lidspalt zu, es tat ihnen wohl, das Rattern der Schreibmaschine zu hören. Nach einem Schreibstündchen zog ich mir die Pelzjoppe an und ging hinaus, um mir im Winterwetter die Beine zu vertreten, die Tür ließ ich angelehnt, falls die Katzen auf ihr Laubklo wollten, für die Nacht stellte ich immer eine Waschschüssel mit Sand bereit, damit sie austreten konnten, wenn ich im tiefen Schlummer lag, denn die Katzen sprangen, egal ob ich schlief, alle erst einmal vom Stuhl und gingen zur Tür und miauten leise, meistens hörte ich es, und so stand ich wiederholt in der Nacht auf, um die Kätzchen hinaus- und auf ein Miauen wieder hereinzulassen, wischte ihnen, wenn es regnete, die Pfötchen mit einem Handtuch ab, denn alle fünf Katzen schlüpften gegen Morgen, wenn das Feuer erlosch, zu mir ins Bett, als hätten sie sich verabredet, jede hatte ihren Platz, mir zu Häupten jedoch lag Mohrchen, sie allein hatte das Recht, dicht neben meinem Kopf zu liegen, die anderen lagen an meinen Füßen, schmiegten sich an meinen Rücken ... Und bevor sie einschliefen, seufzten sie wohlig, stöhnten, schnurrten leise und rollten sich dann zusammen, und wenn uns heiß war, lagen sie auf dem Rücken, die Köpfchen hintenübergelegt, in malerischen Positionen, manchmal war auch ihr Bäuchlein verschwitzt, möglicherweise ließ sie auch der schreckliche Gedanke schwitzen, was aus ihnen werde, wenn ich nicht wiederkäme. Ich fuhr nämlich auch mit dem Auto zu den Katzen, allerdings nur bei Schönwetter. Und saß ich im Auto und fuhr ich ein bißchen zu schnell, dann nahm ich sofort das Tempo zurück, denn was geschähe mit den Katzen, wenn ich einen Zusammenstoß hätte? Nur Traktoren und Lastwagen und langsam fahrende Autos überholte ich, denn was würde aus meinen Katzen, wenn ich beim Überholen verunglückte? Deshalb nahm ich den Autobus, wenn Glatteis war und wenn Schnee fiel und wenn es regnete, denn so hatte ich die Garantie, anzukommen und meine Katzen zu trösten. Und auch im Bus, wenn ich mich ganz vorne hinsetzte, plötzlich der Gedanke: Wenn nun der Bus verunglückt, wer wird die Katzen füttern? Und sogleich suchte ich mir einen Platz mitten im Bus, immer auf dem Sprung, falls etwas passierte, mich in die Richtung zu werfen, wo die Unfallgefahr am geringsten war, denn wer gäbe sonst meinen Katzen Milch? Und mußte ich nach Prag zurück – schon wenn ich mich anzog, wurden meine Katzen unterwürfig, traurig, Mohrchen, die etwas von einem Chaplin an sich hatte, wollte mich aufheitern, hüpfte herum, schoß Kobolz und blickte mich an, ob mich das wohl vom Weggehen abbrachte, und ein andermal rauften gerade zwei Kater, als ich mich anzuziehen begann, sofort hörten sie auf, jeder legte sich auf seinen Stuhl, so manierlich legten sie sich nieder, als wollten sie brav sein, nur damit ich nicht wegfuhr, oder ich sollte fahren und sie hier im Haus lassen, dafür wollten sie auch artig sein, alle miteinander machten sie mir vor, wie artig sie dann wären, nur um nicht hinauszumüssen, doch sie mußten hinaus, ich packte sie nacheinander und kippte sie über die Schwelle, wie Fische glitten sie mir aus den Händen, ich schloß ab, ich war unglücklich, so unglücklich wie meine Katzen, ging den schmalen Pfad zwischen den Fichten hinab, trat durch die Pforte auf die Allee hinaus, und drehte ich mich ein letztes Mal um, dann sah ich jedesmal das gleiche Bild und erschrak jedesmal dabei. Durch die Staketen, in jeder Zaunlücke ein Katzenkopf, blickten mir fünf Katzengesichter nach mit dem Wunsch, der nicht zu erfüllen war: ich solle kehrtmachen, und wir säßen alle wieder am warmen Ofen in der Kammer ... Und in Prag, wenn ich wieder mal fertig war, wenn ich nicht mehr schreiben konnte und mich von Entgleisungsgefühl und Angst nicht loszumachen wußte, wenn ich ganz allein war, dann passierte es mir, daß ich in den Autobus sprang und während der einstündigen Fahrt durch das verschneite Land Ängste ausstand, ob die Katzen wohl noch am Leben wären, daß mir die Knie wankten, wenn ich ausstieg und die Allee entlangging, und liefen mir dann alle Katzen entgegen, nahm ich eine um die andere in die Arme und drückte sie an meine Stirn, und es war, als heilten mich diese Katzenpelzchen von meiner Verkaterung und Schwermut, immer wieder drückte ich sie, und sie wußten das und drückten sich an mich, und ich heizte den Ofen und verteilte Fleischhäppchen und goß ihnen Milch ein. Und Mohrchen, unter all diesen Katzen wußte sie genau, was sie mir bedeutete, ihr war die Ehre zuteil geworden, von mir am meisten geliebt zu werden, in ihren Augen fand ich stets so viel Verständnis, daß es mich erschreckte. Ich war glücklich, sie zu haben, mit ihr ein Geheimnis zu teilen, das uns verband, und sie saß auf dem Tisch und guckte mich an, ich beugte mich vor, und sie stupste mich immer wieder, legte mir den Kopf in die Hand, ihr Köpfchen paßte genau in meine Handfläche, und ich litt bereits Qualen, weil ich wieder nach Prag zurückmußte, weil ich abends eine Lesung hatte und weil ich wieder die Katzen nacheinander packen und an die kalte Luft befördern müßte, hinaus ins feuchte Laub, in die Einsamkeit, ich sah, daß auch die Katzen voller Angst waren, daß bald der entsetzliche Augenblick eintrete, da wir Abschied nahmen, da sie wiederum fürchten mußten, ich könne nicht wiederkommen, ich könne sie ihrem Schicksal überlassen, und ich fürchtete auch, man könne sie mir totschießen, sie könnten, wenn auch sie es nicht mehr aushielten, mir entgegenlaufen und an der Bushaltestelle von einem Auto überfahren werden. Und um mich von meinen Qualen zu erlösen, begab ich mich zwar zu meinen Katzen, drückte sie mir wie ein feuchtes Taschentuch gegen Kopfschmerzen an die Wange, ging am Ende aber doch wieder die Allee zurück, mußte mich wieder umdrehen, und wieder guckten mich durch die Zaunstäbe die Katzenaugen an, fünf Katzenköpfchen sahen mir so lange nach, bis ich zur Bushaltestelle abbog, und im Autobus dann verschanzte ich mich in meinem hochgeschlagenen Kragen, versenkte ich mich in mich selbst und fragte mich vorwurfsvoll, wie ich diese rührenden Tierchen nur habe verlassen können, auf die ein feuchter Abend wartete, eine kalte Nacht, wo sie, aneinandergeschmiegt, ihren Atem in Pfötchen und Pelzchen bliesen, sich gegenseitig wärmten und sich träumend fragten, ob ich wohl wiederkehrte, und wenn, dann möglichst bald, denn die Kerskoer Winternächte sind lang, selbst für die Menschen unendlich lang. Manchmal zermürbte mich das so, daß ich mir wünschte, es gäbe weder mich noch die Katzen. Nur am Wochenende, wenn meine Frau und ich bei den Katzen waren, nur die beiden Tage in der Woche, da ich hier in dem Häuschen in Kersko schlief, waren wir alle glücklich, doch die Tiere wußten, daß Sonntag war, daß wir am Nachmittag abfuhren, schon ab Mittag waren sie bedrückt, jeden Nachmittag, wenn wir bei ihnen in Kersko waren, wußten die Katzen Bescheid und warteten nur darauf, daß ich mich aufs Kanapee legte und zudeckte, denn das war ihre Siesta, da sie sich eine wie die andere zu mir legten, unter die Decke, dicht unters Kinn ... Am Sonntag hingegen wußten die Tiere Bescheid, vergebens legten sie sich aufs Bett, sie wußten, daß wir in Kürze abreisten und daß die Freude ein Ende hatte. Damals erfuhr ich, daß jeder Jäger, der eine Katze im Wald schoß und ihr dann den Schwanz abschnitt, für jeden vorgewiesenen Katzenschwanz dreißig Kronen erhielt. Ich erschrak, wenn irgendwo ein Schuß krachte, stürzte schnell nach draußen und rief und zählte meine Katzen, ob nicht eins von ihnen auf der Erde lag, während der Jäger ihm den Schwanz abschnitt. Und damals erfuhr ich auch, daß Leute durch das Land zogen, Katzengreifer genannt, die Kätzchen und Katzen und Kater aufkauften, alles einfingen, was herrenlos war und sich fassen ließ, um es für fünfzig Kronen pro Stück an wissenschaftliche Institute in Prag zu verkaufen, wo man den Tieren dann ein Zählgerät in den Kopf rammte, das tickte und die Impulse und Bewegungen in ihren

Gehirnrinden registrierte. Doch das hätte ich besser nicht gewußt, mir reichten schon die Schüsse, und jetzt zermürbte mich der Gedanke, eine meiner Katzen werde nach Prag gebracht und sterbe eine Woche später mit einem Zählgerät im Kopf, denn keine Katze hält derlei wissenschaftliche Versuche und Forschungen aus. Wie oft erwachte ich in der Frühe und wußte, daß ich nicht mehr schlafen konnte, denn ich hatte ein nebelhaftes Gefühl, das sich zu einem Ticken verdichtete, eine immer noch barmherzige Vision, also stand ich auf und schaffte die Armbanduhr, die ich stets in einen Schal einwickelte, da ich das Ticken des Sekundenzeigers nicht ertrug, schaffte die Uhr samt dem Schal in die Küche und legte den Schal hinter die Töpfe im Küchenschrank. Aber hatte ich mich hingelegt, hatte ich mich zu meinem Bett zurückgetastet und hingelegt, vernahm ich nach einer Weile, den Handrücken auf der Stirn und die Augen im matten Licht der Straßenlaterne zur Decke gerichtet, wieder ein Ticken, doch das kam nicht von draußen, sondern aus meinem Kopf, und ich spürte, daß auch mir ein Zählgerät in den Kopf gerammt war, das tickend die Impulse meines Gehirns festhielt, meines Pulses, und ich wußte, das in den Katzenkopf gerammte Gerät in dem wissenschaftlichen Institut würde so lange ticken, bis ich aus Barmherzigkeit vorzeitig wahnsinnig wurde oder bis ich starb. Anstelle meiner Katzen ertrug ich diese Vorstellungen und Bilder, diesen grauenhaften Gedanken, was meinen Tieren zustoßen könnte, und erst recht meinen Kätzchen, wenn diese von den wissenschaftlichen Katzengreifern aufgekauft oder weggefangen wurden. So erschrak ich für alle Katzen und Kätzchen, denen das Unglück widerfahren war, von den Jägern gepackt und in den Käfig zu den Uhus gesteckt zu werden, wo die Tierchen den Augenblick abwarteten, da der Uhu Hunger bekam. In diese Tierchen habe ich mich oft hineinversetzt, in die Katzen, in die Kätzchen im Uhukäfig, und wenn ich nicht schlafen konnte, wurde ich von Visionen wie diesen samt Tasterlebnis heimgesucht. An einem Wintersonntag, da rollte vor unser Haus ein Auto, Leute stiegen aus und teilten mir mit, nachdem sie eingetreten waren, ihr getigerter Kater sei auf tragische Weise ums Leben gekommen, und sie hätten gehört, daß wir fünf Katzen besäßen, deshalb hätten sie gern einen getigerten Kater von uns gehabt. Kaum wurde die Frau unseres Katers Renda ansichtig, da sagte sie, wenn sie nicht gesehen hätte, daß ihr Kater von einem Auto überfahren worden sei, dann hätte sie den unsrigen für ihren gehalten. Und in meiner Verblüffung hinderte ich die Frau nicht daran, meinen Renda hochzunehmen und fortzutragen, ich kam nicht einmal mehr dazu, die Frau zu fragen, ob sie einen Garten habe, ob sie auf Urlaub fahre, ob sie das Tier auch so gern haben würde wie wir ... Damit fuhr Renda davon, er drückte sich an die Frau, als schmiegte er sich an mich, und wir alle waren an diesem Tag betroffen, alle waren wir so verbiestert, daß wir nicht nach Prag fuhren, zu groß war die Lücke, die Renda hinterließ, denn Renda hatte nie gespielt, ein schöner Bursche war er, größer als die anderen heranwachsenden Kätzchen, und Renda hatte sie behütet, auf sie achtgegeben und war sozusagen ihr Anführer gewesen, was Renda tat, das taten auch die anderen Kätzchen, und nun fuhr Renda weg, und ich kriegte Fieber und wanderte auf dem Grundstück umher und beschimpfte mich, wie ich nur Renda hatte weggeben können, diesen Kater, der niemals spielte, der nie raufte, sondern immer nur die Pfote wie einen Marschallstab hob und so den anderen befahl, das Raufen zu lassen, dieses Katerchen hatte ich aus dem Haus gegeben, mochte die Frau auch behaupten, sie seien Fleischer und Renda werde Leber und Milch bekommen und sie würden ihn so liebhaben wie den anderen, den das Auto überfahren hatte.

ANDREA SCHACHT
Die Katze, die im Christbaum saß

Sie hatte eigentlich keinen Namen, außer dem geheimen, den jede Katze nur selbst kennt. Für die Menschen, die ihr hin und wieder über den Weg liefen, war sie allenfalls »Miez-Miez«. Darum wollen wir sie Mieze nennen.

Mieze hatte ihr Revier in einer Tannenschonung in der Nähe eines Bauernhofs, von dem ihre Mutter stammte. Sie lebte nicht schlecht dort. Selbst im Winter fand sie auf dem mit Nadeln bedeckten Boden noch genügend Mauselöcher, die Äste der Bäume hielten den Schnee ab, und das dicke Unterfell, das sie sich zugelegt hatte, wärmte sie sogar in den kältesten Nächten. Nur die ungewöhnliche Menge Menschen, die in den letzten Tagen durch die Schonung streifte, störte sie empfindlich. Am meisten aber empörte sie sich, als ihre Lieblingstanne unter einigen heftigen Axtschlägen gefällt und – die gegabelte Spitze nach unten – zu einem Auto gezerrt wurde. Sie schlich hinterher, versuchte, die Äste zu erhaschen, und sprang schließlich, als sich der Wagen langsam in Bewegung setzte, zu ihrem Baum in den offenen Kofferraum.

Es war keine gute Entscheidung. Die Fahrt behagte ihr überhaupt nicht, und sie kreischte, was das Zeug hielt.

Es hörte jedoch niemand darauf.

Endlich hielt das Teufelsgefährt an, und Mieze hatte nichts Eiligeres zu tun, als mit einem weiten Sprung das Weite zu suchen und sich hinter einem Schuppen zu verbergen.

Der Baum wurde neben den Schuppen gelegt, und als die Menschen verschwunden waren, krabbelte sie in dessen schützendes Geäst, dankbar dafür, ein Stück Heimat wiedergefunden zu haben.

Zwei Tage lebte sie nicht schlecht von dem, was der winterliche Garten ihr bot. Es gab noch genügend Mäuse, aber besser gefiel ihr, was die füllige Menschenfrau alles auf den Kompost warf. Die angebissene Frikadelle mundete ihr ausgezeichnet, das halb abgenagte Hühnerbein kam einer echten Delikatesse nahe, und auch der Klecks Joghurt war eine köstliche Erfahrung. Satt und zufrieden rollte Mieze sich in dem Christbaum zusammen und merkte daher zu spät, daß er plötzlich aufgerichtet und bewegt wurde. In Panik klammerte sie sich mit den Krallen an den Stamm und gelangte auf diese Weise in das Wohnzimmer der Menschen. Hier hüpfte sie, von niemandem entdeckt, aus den Zweigen und versteckte sich vorsichtshalber hinter einem gelben Vorhang, der zum Glück bis auf den Boden reichte. Von dieser warmen, geschützten Stelle aus beobachtete Mieze, wie ein großgewachsener, grauhaariger Mann den Baum in einem wassergefüllten Behälter festspannte und dann mit dröhnender Stimme rief: »Sigrid, die Tanne steht jetzt!«

Die füllige Frau kam dazu und schlug die Hände vor den Mund.

»Aber Armin! Nein!«

»Was ist denn nun schon wieder?«

»Der hat ja zwei Spitzen!« stöhnte sie dramatisch.

»Na und!«

»Das sieht doch unmöglich aus. Hast du das nicht gesehen?«

»Nein, und wenn du mich fragst, ich halte das sowieso für eine Schnapsidee, solch einen riesigen Baum aufzustellen. Wir haben die Jahre zuvor doch auch ohne solchen Firlefanz leben können.«

»Aber Armin, wir haben doch dieses Mal die ganze Familie hier.«

»Schlimm genug!« murrte der Mann.

»Aber Armin, das ist doch der Sinn des Christfestes. Und wir sind nur noch so eine kleine Familie, seit Mutter gestorben ist.«

»Du hast dreizehn Leute eingeladen und drei Windelscheißer dazu, das nennst du klein?«

»Aber Armin, wir müssen uns doch um Henry kümmern. Ich habe Mama am Sterbebett versprochen, Vati zu pflegen. Und er ist doch schon achtzig.«

»Und deshalb mußt du auch Herbert und Kerstin, die alte Nörglerin, dazuholen und deren Sippschaft?«

»Aber Armin, sie konnten zu Laurelitas Hochzeit nicht kommen. Jetzt sollen sie doch endlich unsere glückliche junge Familie kennenlernen.«

»Vor allem den jungen, glücklichen Familienvater Ferdi.«

»Aber Armin, der Junge ist doch unser Schwiegersohn. Unsere Tochter liebt ihn.«

»Sie schon! Ich nicht!«

»Aber Armin . . .!«

Brummelnd verzog sich Armin aus dem Zimmer, und Mieze beobachtete aus ihrem Versteck heraus, wie jene Sigrid begann, allerlei buntes Zeug in ihren Tannenbaum zu hängen. Hübsch fand sie die glänzenden Kugeln und die silbrigen Fäden, die bald von den Ästen hingen. Die krumpeligen Papiergebilde in grellen Farben hingegen sagten ihr nicht zu.

Als Sigrid endlich das Zimmer verließ, schlich sie zu dem Baum hin und begann mit großer Freude, die schwingenden Kugeln mit der Pfote anzutippen, an dem Lametta zu spielen und die Papierdinger aus allen greifbaren Zweigen zu zupfen. Man konnte sie herrlich zerfetzen, fand sie. Mieze war eine sehr kreative und geschickte Katze. Fast so gut wie der kleine Junge, der plötzlich hereinkam und sie staunend anstarrte.

»Mutti? Hast du Ottomax gesehen?« rief wenig später eine junge Frauenstimme irgendwo im Haus.

»Wollte Ferdi nicht mit ihm zum Weihnachtsmarkt gehen?«

»Ferdi ist vorhin alleine weggefahren. Seine Kumpels aus dem Studentenwohnheim haben ihn angerufen. Es war ihm wichtiger, als sich um seinen Sohn zu kümmern.«

Die Stimme klang ein wenig giftig, und Mieze suchte schleunigst ihr Versteck hinter dem Vorhang auf. Menschen gegenüber war sie äußerst vorsichtig, und von den vier Zweibeinern, die sie bisher in diesem Haus getroffen hatte, war ihr nur das Junge einigermaßen ungefährlich erschienen.

Die giftige junge Frau betrat nun das Wohnzimmer und sah die Bescherung unter dem Christbaum.

»Hier bist du, Ottomax! Oh, Mutti, er hat alle Papiersterne abgerissen, die wir gestern zusammen gebastelt haben. Böser Junge!«

Die füllige Frau rauschte heran und schlug wieder die Hände dramatisch vor den Mund. »Ach, Ottomax! Du schlimmer Junge!«

»War ich nicht, war Mieze«, plärrte der Kleine.

»Laurelita, Liebes, du mußt das wirklich unterbinden. Der Kleine bildet sich wer weiß was ein. Das kann doch nicht gesund sein. Immer hat er eine Ausrede, wenn er etwas angerichtet hat. Und immer sind es seine erfundenen Freunde, die das getan haben.«

Milder Vorwurf klang in den Worten mit.

»Mutter, ich erziehe meine Kinder, nicht du.«

Mieze verfolgte mit Interesse, wie sich Mutter und Tochter in einen mit sanfter Stimme geführten Streit über Kindererziehung im allgemeinen und Ottomaxens im besondern verwickelten und dabei die ramponierten Kunstwerke auflasen. Die Katze verspürte die verborgene Wut, die sich zwischen den beiden Frauen aufbaute, und überlegte, daß sie, wären sie zwei Katzen, in einem solchen Fall wahrscheinlich fauchend und zischend aufeinander losgegangen wären. Aber Menschen waren eben anders.

»Laß es gut sein, Laurelita. Es ist Weihnachten, und wir wollen doch ein friedliches Fest feiern. Ihr seid eine solch glückliche junge Familie. Wie werden die anderen uns beneiden.«

Laurelita schien diese Ansicht nicht ganz zu teilen, aber sie schwieg und trat mit Ottomax den Rückzug an.

Etwas später kam der Mann Armin wieder in das Zimmer, ihn begleitete ein sehr alter, sehr häßlicher Mann mit einer Krücke.

»Willst du etwas trinken, Henry?«

»Wenn du ein Glas Roten für mich hast, gerne!«

Der Alte hievte sich in einen Sessel und schloß halb die schweren Lider. Sein Kopf war kahl, seine Nase riesig, seine Lippen waren schmal und verkniffen. Gleichmütig beobachtete er, wie sein Schwiegersohn sich einen kräftigen Schluck Whisky einschenkte und ihm dann seinen Rotwein reichte. Er nippte daran und schien in einen dösenden Zustand zu versinken. Armin versuchte ein Gespräch mit ihm anzufangen, aber er bekam nur äußerst einsilbige Antworten.

»Na, ich habe noch anderes zu tun, Henry. Hier ist die Flasche, die Zeitung liegt auf dem Tisch.«

Erstmals hoben sich die Lider des Alten, und er fragte: »Das Schundblatt, dessen Chefredakteur du bist?«

»Mh.«

»Stimmt was nicht, Armin?«

Der Mann stürzte seinen Whisky hinunter, zuckte mit den Schultern und verließ den Raum.

Eine Weile war es sehr ruhig, und Mieze traute sich ganz vorsichtig wieder hinter der Gardine hervor. Sie wollte das Revier erkunden, in das sie so unerwartet geraten war, und setzte leise ihre weißbestrumpften Pfoten auf den feingemusterten Perserteppich. Das Gefühl empfand sie als angenehm. Dann schlenderte sie an der Wand entlang zu einer dunklen Holztruhe, sprang hinauf und sah sich einer graubraunen Katze mit grünen Augen gegenüber. Erschrocken trat sie den Rückzug an und blinzelte nach oben. Die Katze war fort, doch in dem Spiegel war der geschmückte Christbaum zu erkennen. Den Baum aber roch sie in natura hinter sich, also ignorierte sie das Trugbild und widmete sich den Wollmäusen unter dem nächsten Schrank. Allmählich näherte sie sich auch dem Sessel, in dem der schlafende Mann saß. Sie schnüffelte an seinem Hosenbein und fand es ein wenig muffig. Also ging sie weiter, doch ihre Instinkte ließen sie sich plötzlich umdrehen.

Unter den schweren Lidern verfolgte sie aufmerksam der Blick des Alten. Flink huschte sie wieder hinter den Vorhang. Dieser Mensch war ihr nicht geheuer. Sie wartete, ob er eine weitere Reaktion zeigte, doch er griff nur noch einmal nach dem Glas und widmete sich dann der Zeitung. Einigermaßen erleichtert rollte sich die Katze zusammen und schloß schläfrig die Augen.

Die Türglocke schreckte Mieze kurz darauf aus ihrem Dösen auf. Menschenstimmen erklangen. Höchstes Entzücken schienen die Ankommenden auszulösen. Sigrids Stimme hatte sich um eine Oktave erhöht, als sie überschwenglich flötete: »Ach, Irene, meine liebste Schwester! Wir haben uns ja schon so lange nicht mehr gesehen. Eigentlich nach deiner letzten Scheidung nicht mehr. Die vierte, nicht wahr? Oder schon die fünfte? Egal, meine Liebste – du siehst ja so gut aus.«

Irene schien etwas zu erwidern. Ihre Stimme klang tiefer, ein wenig rauchig und lange nicht so enthusiastisch. Als die Tür sich öffnete, erspähte Mieze eine schlanke, sehr elegante Frau, die wie gemalt aussah. Ihr folgten ein distinguierter Herr in grauem Anzug und ein zierliches Mädchen.

»Ach Henry, sieh mal, wer sich auch zu unserem kleinen Familienfest eingefunden hat!« tönte Sigrid laut, und Henry ließ die Zeitung sinken.

»Meine Tochter Irene, wenn ich sie unter dem jugendlichen

Anstrich richtig erkenne. Du trägst die Produkte, die deine Kosmetikfirma produziert, sehr kunstvoll zur Schau. Kriegst du Mitarbeiterrabatt?«

»Aber, Henry, wie kannst du so etwas sagen. Ich bin doch kaum geschminkt.«

»Kaum, meine Tocher. Nur solltest du dir heftige Gemütsregungen verkneifen, sonst bröckelt die Fassade.«

»Charmant wie immer, Henry!« antwortete sie und tätschelte ihm lächelnd die Schulter.

Wieder fiel Mieze auf, wie seltsam sich die Menschen verhielten. Offensichtlich hatte der alte Kater die jüngere Katze beleidigt, aber sie schnurrte ihn nur an. Sie schnurrte weiter, als sie den Anwesenden »Fridjof, mein Lebenspartner« vorstellte und »seine hübsche Tochter Tonia, sie arbeitet am Theater«.

Hinter ihnen kam Laurelita mit Ottomax und einem weiteren Kleinkind auf dem Arm in das Zimmer, und es wurde laut, denn der Säugling schrie durchdringend. Mieze suchte einen Fluchtweg, aber sie hätte ihr Versteck aufgeben müssen, und das erschien ihr angesichts der vielen Menschenbeine sehr unangebracht. Es wurden sogar noch mehr Beine, denn nun gesellte sich ein hageres Ehepaar hinzu, das Herbert und Kerstin gerufen wurde. Es führte eine äußerst magere Tochter namens Lyane mit sich. Die wiederum präsentierte stolz eine Vierjährige, deren Name Maria-Henrietta lautete. Das Kind stürzte sich mit Elan auf den Christbaum, rupfte an einem Rauschgoldengel und brachte das ganze Arrangement ins Schwanken. Das Wasser in der Baumhalterung schwappte vor Miezes Pfoten, und beinahe wäre sie bei der folgenden hektischen Aufwischaktion entdeckt worden.

Zuletzt trafen noch drei Menschen ein: Miriam, Dietrich und, ein wenig jünger als die beiden anderen, Rico. Die Frau trug eine leicht gequälte Miene zur Schau und suchte einen Platz, auf dem sie ihre Tasche ablegen konnte. Der Mann wirkte auch nicht besonders verbindlich, wechselte aber mit Henry in seinem Sessel ein paar Worte. Der junge Mann hingegen hatte ähnlich schläfrige Augen wie der Alte, und ebenso ähnlich schien er unter halbgeschlossenen Lidern die Versammelten zu mustern.

Mieze stellte mit Interesse fest, daß zumindest bei einer der Anwesenden Tonfall und Gesichtsausdruck übereinstimmten. Das zierliche Mädchen, Tonia genannt, das ganz dicht an ihrem Versteck stand, stieß hervor: »Mein Gott, ist der häßlich!«

Tonia nippte nur sehr vorsichtig an dem Sherry, den ihr Gastgeber ihr in die Hand gedrückt hatte. Der Sherry war zu süß – wie die ganze Stimmung in diesem Haus. Fridjof, ihr Vater, hatte ihren leisen, aber entsetzten Ausruf gehört. »Meinst du diesen Rico? Der muß mit dem Alten verwandt sein!« raunte er ihr zu. »Die beiden haben gleich große Nasen.«

»Da kannst du aber froh sein, daß deiner Irene diese Nase erspart geblieben ist, Paps«, flüsterte Tonia. »Oder hat sie sich operieren lassen?«

»Hat sie! Sie ist nicht umsonst in der Kosmetikbranche tätig!«

»Was für eine Familie! Ein vertrocknetes Lehrerehepaar mit einer alleinerziehenden Tochter, ein grottenhäßlicher Alter und ein ebenso grottenhäßlicher Jüngling, seine Eltern offensichtlich maßlos gelangweilt, unsere Gastgeber, ein lautes, aufdringliches Ehepaar, und eine überforderte Junghenne mit zwei Kleinkindern. Ist die auch alleinerziehend?«

»Nein, die ist mit einem Menschen namens Ferdi verheiratet, soviel ich hörte. Da kommt er.«

Besagter Ferdi sah im Gegensatz zu dem nur wenig jüngeren Rico umwerfend gut aus und war sich dessen auch bewußt. Sigrid umarmte ihn, zog ihre Tochter mitsamt den Kleinkindern an sich und stellte sie als junge und so glückliche Familie den Anwesenden vor. Armin verteilte Getränke und verhalf sich selbst zu zwei weiteren großen Schlucken Hochprozentigem.

Man brachte einen Toast auf die junge Familie aus, und Tonia, die keine Chance sah, dem Familienfest zu entkommen, trank resigniert ihren Sherry aus. Eigentlich hätte sie am Heiligabend lieber eine andere Party mit Freunden besucht, aber ihr Vater hatte sie gebeten – und das tat er selten –, ihn mit seiner Freundin Irene zu deren Familie zu begleiten. Tonia war ganz froh, daß ihr Vater sich wieder für eine Frau interessierte, denn seit vor zwei Jahren ihre Mutter gestorben war, hatte es ausgesehen, als würde er die Trauer nie überwinden. Dennoch waren ihre Gefühle für Irene nicht unbedingt voller Zuneigung. Sie hatte sie erst einige Male getroffen und versucht, nett zu ihr zu sein. Aber nicht nur die perfekte Frisur und das noch perfektere Make-up wirkten auf sie wie eine Maske, auch Irenes Freundlichkeit schien eher gespielt als aufrichtig. Außerdem hatte Irene die Neigung, ihrer Umgebung zu vermitteln, sie, die Tochter ihres neuen Liebhabers, sei eigentlich nur ein sehr junges Mädchen und nicht eine zweiundzwanzigjährige Frau, die ihr eigenes Leben bereits gestaltete.

Nun gut, Tonia hatte sich überreden lassen, diesen Abend im Kreise der Familie zu verbringen, und sie versuchte, das Beste daraus zu machen. Da sie keinen der Anwesenden kannte, beschränkte sie sich, genau wie die Katze hinter dem Vorhang, auf das Beobachten – und kam zu erstaunlich ähnlichen Ergebnissen.

Mieze wäre ebenso gerne geflohen wie Tonia, doch als sie erkannte, daß es kein Entkommen gab, legte sie resigniert den Kopf auf die Pfoten. Es war ihr zu laut und die Luft zu stickig, und das Parfüm, das Irene umgab, die plötzlich in ihre Nähe getreten war, erinnerte sie an die abgestanden Duftmarkierungen eines Katers. Wehmütig dachte sie daran, wie gesittet Katzengruppen sich verhielten, wenn sie sich versammelten. Da hielt man Abstand, da tauschte man schweigend die wirklich wichtigen Neuigkeiten aus, da zeigte man durch Mimik, Körper- und Schnurrhaarhaltung, was man voneinander hielt, ohne sich zu verstellen. Wen man nicht riechen konnte, dem ging man einfach aus dem Weg. Und Junge, die zu aufdringlich wurden und ein derartiges Geplärre anstellten wie diese Menschenkinder, wären recht schnell mit einem passenden Pfotenhieb zwischen die Ohren zum Schweigen gebracht worden.

Schließlich aber kehrte auch in dem Zimmer wieder Ruhe ein, denn Sigrid beorderte alle zum gemeinsamen Kirchgang. Lediglich der alte Henry widersetzte sich ihren Aufforderungen und schob sein schmerzendes Bein vor, um im Sessel sitzen bleiben zu dürfen.

Mieze hatte inzwischen mit ihren eigenen Problemen zu kämpfen. Sie hatte Hunger. Ihre scharfen Sinne verrieten ihr, daß sich irgendwo in diesem Haus etwas Eßbares befinden mußte. Vorsichtig schlich sie sich entlang der Wand aus dem Wohnzimmer und folgte der appetitanregenden Witterung, die ihre empfindliche Nase aufgenommen hatte. Und – o ja! Es gab einen Raum, dem die köstlichsten Düfte entströmten. Auf den Schränken standen Platten, zwar zugedeckt mit durchsichtigem Material, was aber für eine geschickte Katze kein Problem darstellte. Die Lachsröllchen mundeten ihr genauso wie die Remouladeröschen. Von der Meerrettich-Sahne hingegen nahm sie Abstand, dafür schleppte sie noch eine Scheibe Roastbeef mit zu ihrem Basislager, um sie dort leise schmatzend zu verzehren. Nur einmal fühlte sie sich träge beobachtet, aber da der alte Mann keinerlei weitere Reaktion zeigte, beunruhigte sie das wenig. Er hielt ja seine Augen halb geschlossen, was ihr signalisierte, er würde sie nicht bedrohen. Hingegen fühlte sie, nachdem sie sich gründlich Pfoten und Gesicht gereinigt hatte, ein weiteres dringendes Bedürfnis. Suchend sah sie sich um. Sie brauchte eine Stelle, wo sie etwas ordentlich verscharren konnte. Im Freien hätte sie in Erde oder Laub ein Loch gegraben, hier, auf dem flauschigen Bodenbelag, schien das schwierig zu sein.

Ihr zwickender Bauch zwang sie zu einer schnellen Entscheidung. Eine Pflanzenschale, gefüllt mit den Steinchen einer Hydrokultur, war das Nächstbeste, was sich fand. Mieze entledigte sich dieses Geschäftes mit größtmöglichem Anstand und Sauberkeit und vergrub systematisch das übelriechende Resultat.

Wieder fühlte sie sich beobachtet, und wieder schien keine Bedrohung für sie von den zwei Menschenaugen auszugehen.

Die anderen Menschen kehrten zurück, und mit ihnen ein Schwall frischer, kalter Luft. Miezes Versuch, ungesehen zur Tür hinauszuschlüpfen, schlug fehl, daher krabbelte sie erneut hinter den Vorhang.

»Mama, so warm hier!« jammerte eine Kinderstimme, und ganz in ihrer Nähe wand sich Ottomax aus seinen Kleidern. Sigrid wollte einschreiten, doch die Kindsmutter fuhr dazwischen und meinte: »Er hat völlig recht, Mutti. Bei uns darf er auch nackt herumlaufen, wenn er will.«

»Ja, aber wir wollen uns doch jetzt zum Essen zusammensetzen.«

»Meine Kinder essen sowieso nicht mit am Tisch. Das ist viel zu anstrengend für sie. Das schwere Essen bei solchen Feiern bekommt Ottomax auch nicht. Ich habe extra etwas für ihn mitgenommen.«

Der kleine Junge, jetzt nur noch in der Unterhose, tollte mit Maria-Henrietta durch das Zimmer und fand, unbeobachtet von den Erwachsenen, die eben wieder von Armin mit Getränken versorgt wurden, Freude daran, die Pflanzenschale zu entleeren. Miezes Hinterlassenschaft klebte dabei plötzlich an seinen

Fingern, und Maria-Henrietta quakte laut: »Ottomax, Hosen-kax!«

Kurzfristig fühlte Mieze sich dann doch wie unter ihresgleichen, denn es setzte von der Studienrätin Kerstin eine Kopf-nuß, Mutter Laurelita fauchte, Ottomax kreischte, Maria-Henrietta rollte sich vor Lachen auf dem Boden, und ihre Mutter Lyane nieste. Der glückliche junge Vater Ferdi entfernte sich dezent aus dem Dunstkreis lebhaften Familienlebens und rückte Tonia näher. Dazwischen aber versuchte Sigrid als versöhnliche Gastgeberin den Frieden wiederherzustellen, was sich aufgrund der Lautstärke als recht schwierig erwies.

Tonia schwankte zwischen Erheiterung und Frustration. Nicht, daß sie etwas gegen kleine Kinder hatte, aber ob man ihnen wirklich alles durchgehen lassen mußte, bezweifelte sie. Insofern sympathisierte sie durchaus mit der hageren Frau Studienrätin, die Ottomax in seine Grenzen gewiesen hatte. Ansonsten aber war ihr die Frau mit den graubraunen Haaren, die sie zu einem unvorteilhaften Topfschnitt frisiert trug, ein wenig unangenehm. Tonia hatte aus gutem Grund eine Neigung dazu, Menschen nach ihrer Körpersprache einzuschätzen, so, wie es Katzen untereinander auch tun. Mimik, Haltung und Bewegung verrieten ihr vieles, was mit Worten nicht gesagt wurde. Und Kerstin, die Lehrerin, war zu sehr darauf bedacht, sich scheinbar bescheiden in den Mittelpunkt zu rücken. Ihr Gatte hingegen, ähnlich graubraun meliert, jedoch mit hoher Stirn und kleiner Brille, entfernte sich beständig bescheiden vom Mittelpunkt, so, als ob er möglichst nicht beachtet werden wollte.

Ferdi hingegen hatte wohl nichts dagegen, beachtet zu werden, und als er sie mit einem schiefen Lächeln ansah und murmelte: »Schrecklich, diese Kinder, nicht wahr?«, empfand Tonia ein gewisses Mitleid mit ihm. Das erlosch aber recht bald, als er ihr noch ein wenig näher trat und dezent seine Hand auf ihren, zugegebenermaßen hübsch gerundeten, Po legte. Sie entfernte sich vorsichtig und fand sich plötzlich in der Nähe des alten Mannes wieder. Ganz sicher war sie nicht, aber sie meinte bemerkt zu haben, daß er ihr beifällig zuzwinkerte. Ansonsten schien er die ausgesprochene Gabe zu besitzen, mit den Möbeln zu verschmelzen. Er schaffte es, sich jeglicher Beachtung zu entziehen. Dennoch hatte Tonia das Gefühl, er nehme durchaus alles wahr, was um ihn herum geschah, und amüsiere sich dabei auf verschrobene Art und Weise.

Seine Haltung war perfekt, und er fand lediglich Beachtung, als Sigrid aus der Küche zurückkehrte und ihn vorwurfsvoll beschuldigte, die Platten mit den Vorspeisen geplündert zu haben.

»Henry, war das nötig? Du hättest es mir doch sagen können, wenn du schon vor dem gemeinsamen Mahl etwas zu essen haben wolltest. Ich habe mir so viel Mühe mit den Vorspeisen gemacht.«

Mieze bemerkte den verhaltenen Unmut in ihren milden Worten, aber der alte Mann zuckte nur mit den Schultern.

»Von Remouladenröschen wird keiner satt, und die Petersiliensträußchen hättest du dir auch schenken können«, knurrte er. Aber die Katze hatte den Eindruck, er blinzele anschließend verstohlen in ihre Ecke.

»Für mich ist das ja sowieso nichts, Sigrid!« kam es von Kerstin, die die Fleischplatten mit angeekeltem Gesicht musterte. »Du weißt doch, ich bin eine strikte Vegetarierin!«

»Oh, tut mir leid, Kerstin. Das hatte ich völlig vergessen. Und jetzt habe ich einen ganzen Puter in der Röhre. Aber du kannst ja Kartoffeln mit Sauce essen.«

»Bratensauce esse ich auch nicht.«

»Dann ißt du die Kartoffeln eben trocken!« bemerkte Armin und nahm einen Schluck aus seinem Glas.

»Aber Armin!« mahnte seine Frau ihn sanft. »Es war sehr ungeschickt von mir, auf Kerstins Diät keine Rücksicht zu nehmen. Komm, meine Liebe, wir sehen, ob sich nicht doch etwas Passendes in der Küche findet.«

Mieze blickte den beiden nach, die in den Raum der Köstlichkeiten verschwanden, und wurde dann von einem anderen Phänomen abgelenkt. Dietrich, der Mann, der mit dem häßlichen Sohn Rico gekommen war, stellte sich in die Ecke, in der sie saß, und zückte ein kleines Gerät, das er sich ans Ohr hielt. Höchst konzentriert lauschte er dem, was daraus erklang und vage Ähnlichkeit mit einer menschlichen Stimme hatte. Anschließend drückte er einige Tasten und sprach dann mit gedämpfter Stimme mit jemandem, der sich nicht im Raum befand. Mieze sagten die Worte Razzia und Drogen wenig, aber sie stellte fest, daß Rico aufmerksam lauschte.

Tonia half inzwischen mit, den Tisch auszuziehen und mit weißem Damast, kristallenen Gläsern und feinem Porzellan zu dekken. Die Tafel reichte bis fast an den Christbaum und damit auch nahe an die Vorhänge heran. Etliche Stühle standen um den Tisch herum, und die Gäste wurden auf ihre Plätze gebeten. Tonia wartete mit der ihr eigenen Zurückhaltung, bis sich die Familienangehörigen niedergelassen hatten, was seine Zeit brauchte, denn Kerstin kochte sich noch irgend etwas Gesundes in der Küche. Lyane suchte nach einem neuen Päckchen Taschentücher und nieste, Armin brauchte noch einen stärkenden Schluck, Ferdi war seit geraumer Zeit auf der Toilette verschwunden, und Dietrich telefonierte.

»Aber Dietrich, kannst du nicht mal am Heiligabend das Handy ausschalten?« fragte Sigrid den Mann, der leise redend aus dem Fenster in den Garten schaute.

»Nein, Sigrid, das kann ich leider nicht.«

»Das Verbrechen ruht wohl nie!« dröhnte Armin und schlug Dietrich mit massiger Hand auf die Schulter.

»Nein, die Drogenszene kennt keinen Heiligabend – außer als besonderen Anlaß, den Absatz zu erhöhen.«

»Laßt uns von anderen Dingen reden, es ist schließlich das Fest der Liebe und des Friedens!« mischte sich die Gastgeberin wieder ein und geleitete Dietrich mit nachdrücklicher Hand zu seinem Sitzplatz. Der häßliche Rico hingegen blieb, genau wie Tonia, abwartend am Fenster stehen und setzte sich schließlich an das untere Ende des Tisches. Neben ihm ließ sich Tonia nieder. Die Wißbegierde mußte ihr wohl im Gesicht gestanden haben, denn Rico wisperte ihr zu: »Daddy ist Staatsanwalt. Es gibt da einen aktuellen Fall.«

»Darum. Sieht man mir meine Neugier so an?«

»Du solltest nie lügen, dein Gesicht verrät dich. Sorry, ich habe deinen Namen wieder vergessen. Du bist mit Tante Irenes neuestem Lover gekommen, nicht wahr?«

»Ich bin Tonia. Deine Tante hat uns eingeladen, um Pa und mich dem zu präsentieren, was sie die ›Heilige Familie‹ nennt.«

»Ich wußte gar nicht, daß sie einen Hang zum Sarkasmus hat. Und, gefällt dir die Family?«

»Sie sind nett.«

»Ich habe dir doch gesagt, du sollst nicht lügen, Tonia!«

Tonia kicherte, antwortete aber nicht und widmete sich erst einmal dem Essen.

Mieze fand, daß Tonia, die auf dem Platz neben dem Vorhang saß, recht angenehm roch, nicht so aufdringlich wie Irene, sondern ein bißchen wie Katzenminze in der Sonne. Sie kroch vorsichtig unter ihren Stuhl, um ihr näher zu sein, und hörte dem Tischgespräch zu.

»Was treibst du denn so, Rico?« wollte Lyane wissen, die zu seiner Linken saß.

»Ich mache einen Job in einem Anwaltsbüro. Ziemlich monoton«, meinte er.

Dazu fiel Lyane außer einem verhaltenen Niesen nichts weiter ein, doch ihr Vater, Herbert, der Studienrat, wandte sich an das Familienoberhaupt der jungen kleinen Familie mit der Frage: »Und was macht dein Studium, Ferdi?«

»Es geht voran«, war die recht kurz gehaltene Antwort.

»Du müßtest doch schon – laß mich überlegen – im zehnten Semester sein, nicht wahr?«

»Ferdi ist so fleißig!« flötete Sigrid zur Antwort. »Er hilft doch schon ständig bei seinem Vater in der Spedition mit aus.«

»Praxiserfahrung, was?«

»Er wird das Unternehmen später einmal führen, nicht wahr, Ferdi?«

Ferdi mußte wohl genickt haben, denn Herbert bemerkte süffisant: »Na, dann ist es ja wirklich erstaunlich, daß du schon das Vordiplom geschafft hast.«

»Und zwei Kinder gezeugt!« rief Armin dazwischen. »Reife Leistung!«

»Wie schafft ihr das nur finanziell?« fragte Lyane zwischen zwei Niesern. »Ich muß mich ja schon mit einem Kind nach der Decke strecken.«

»Wir unterstützen die kleine junge Familie natürlich, Lyane.« Sigrids Stimme wurde richtig sanft angesichts ihrer eigenen menschenfreundlichen Haltung. »Und er verdient doch auch richtig gut in der Spedition, nicht wahr, Ferdi? Er hat unserer Laurelita einen so hübschen Brillanten zur Hochzeit geschenkt. Zeig ihn doch mal, Laurelita.«

Laurelita mußte wohl die Beute vorgezeigt haben, denn nun füllte sie Sigrids Stimme mit Rührung, als die sagte: »Kerstin, ist der Ring nicht prächtig?«

Bevor diese antworten konnte, fragte eine Männerstimme: »Was hast du da eigentlich für einen unappetitlichen Brei auf deinem Teller, Kerstin?«

»Möhren. Angeblich aus biologischem Anbau.«

»Hast du etwa Ottomaxens Döschen aufgemacht?«

Laurelita klang scharf, und genauso scharf klang Kerstins Antwort: »In diesem Haushalt wird ja auf Leute, die sich gesund ernähren, keine Rücksicht genommen.«

»Und was, bitte, soll mein Sohn jetzt essen? Er verträgt doch diese fette Küche nicht!«

Ottomax hingegen teilte derartige Bedenken nicht, er hatte sich, von allen unbeachtet, mit einem Teller voll kleingeschnittenem Würstchen unter dem Tisch breitgemacht und schmierte sich Ketchup auf die Backen. Einige Würstchenscheiben rollten von dem Teller und landeten zwischen den Stuhl- und Menschenbeinen. Mieze fand das Spiel aufregend.

»Huch!« sagte Tonia. »Laß das, Rico!«

»Was soll ich lassen?« fragte Rico zurück.

»Mit mir zu füßeln. So vertraut sind wir noch nicht miteinander!«

»Ich füßele gar nicht mit dir – obwohl das keine schlechte Idee wäre. Mir ist aufgefallen, daß du sehr schöne Füße hast.«

»Möglicherweise. Aber ich mag weder den Po getätschelt bekommen, noch mag ich es, wenn man mir über die Füße streicht.«

»Hat sich dir etwa jemand aus der ›Heiligen Familie‹ auf unsittliche Weise genähert?«

»Aus der jungen, glücklichen Familie.«

»Ich verstehe: Ferdi hat sich rangeschleimt. Mach dir nichts daraus, das ist seine Art.«

»Arme Laurelita! Aber trotzdem – irgendwas ist unter meinem Stuhl. Es ... es kitzelt mich.«

Vorsichtig schaute Rico nach unten, und sein häßliches Gesicht wurde von einem Lächeln ganz kurz erhellt. Tonia fand diese Verwandlung plötzlich atemberaubend.

»Schau mal ganz langsam nach unten, aber verrate dich nicht.«

Mieze war gerade dabei, ein Stück von dem Würstchen zu erhaschen, und Tonia sah ihre weißbestrumpfte Pfote lang und immer länger werden.

»Oh, die Katze des Hauses ist ja ein kleiner Dieb!« sagte Tonia leise.

»Diese Katze gehört mit Gewißheit nicht zu diesem Haushalt. Meine verehrten Anverwandten haben eine grundsätzliche Abneigung gegen Haustiere. Haare, Flöhe, Bazillen ... du weißt schon.«

»So ein Blödsinn.«

»Magst du Tiere?«

»Ja, und zwar Katzen ganz besonders.«

Wieder war der Anflug eines Lächelns da und veränderte das häßliche Gesicht.

»Ich auch, Tonia. Darum verraten wir die Kleine nicht. Aber nachher versuchen wir, ihr zu helfen.«

»Das ist wenigstens ein lohnender Programmpunkt in diesem öden Weihnachtsfest.«

Das Essen war endlich vorüber, jemand lüftete, der Tisch wurde wieder auf sein normales Maß zusammengeschoben, und Sigrid klatschte in die Hände.

»Bescherung, meine Lieben!«

Mieze hatte sich in ihre Ecke zurückgezogen. Einmal hatte sie versucht, zum offenen Fenster zu gelangen, aber in dem Augenblick, als sie zum Spurt ansetzen wollte, war Ferdi aufgestanden und hatte es wieder geschlossen. Nun hatte man das Licht ausgeschaltet, und die Kerzen des Christbaumes ließen das Zimmer wie eine heimelige Höhle wirken. Irgendwo sang jemand, nicht unähnlich dem melodischen Rufen eines liebestollen Katers, nur lange nicht so schön, fand Mieze. Die Menschen machten andächtige Gesichter, als von der stillen, heiligen Nacht gesungen wurde und den Glocken, die nie süßer klingen. Dann sagte Maria-Henrietta mit Unterstützung von ihrer Mutter ein Gedicht auf, das vom Christkindchen handelte, einer Gestalt, die Mieze ziemlich fremd war. Anschließend kamen vom Himmel hoch noch einmal die Engelein, und als die schöne, neue Mär verkündet werden sollte, tirilierte Dietrichs Handy. Er hörte recht einsilbig zu und zog sich wieder in die Ecke zurück. Mieze konnte kaum verstehen, was er sagte. Irgendwie wollte er Beweise für irgend etwas haben und sprach von einer Durchsuchung. Ganz plötzlich witterte sie aber den strengen Geruch der Angst. Sie konnte jedoch nicht herausfinden, von wem er ausging, denn sie wurde von Dietrichs Füßen hinter dem Vorhang beinahe eingeklemmt.

»Wenn Dietrich mit seinen wichtigen Gesprächen fertig ist, können wir mit der Bescherung anfangen!« ertönte Sigrids Stimme, der man inzwischen eine gewisse Nervosität anmerkte. Der Säugling greinte wieder, Armin goß sich das nächste Glas Whisky ein. Miriam, Dietrichs Ehefrau, hatte sich auf einen Sessel zurückgezogen, die Leselampe eingeschaltet und war in einem Stapel Schreibmaschinenseiten versunken, die sie mit hastigen Kommentaren versah. Henry schien eingeschlafen zu sein, und Lyane nieste unablässig. Ferdi, der sich beiläufig an das Telefon herangearbeitet hatte, das auf dem Sideboard stand, wurde von Sigrid energisch in den Kreis der Familie zurückgezogen, und dann raschelte Papier, wurden Ahhs und Ohhs ausgestoßen, fiel man sich gegenseitig mit in die Luft gehauchten Küßchen um den Hals und beteuerte, noch nie etwas so Schönes erhalten zu haben. Mieze nutzte das Gewimmel, um sich aus ihrer Ecke zu bewegen und hinter einer mit Tannengrün gefüllten Vase auf einem Wandbord Platz zu nehmen. Hier hatte sie eine gute Übersicht über das Geschehen, und es zuckte ihr in den Pfoten, sich mit Geschenkpapier und Schleifenband zu vergnügen. Ein bißchen verwundert bemerkte sie, wie die schön angemalte Irene unter der Farbschicht auf ihrem Gesicht errötete, verstohlen das Kistchen verschloß, das sie erhalten hatte, und es mit dem Fuß hinter den Vorhang schob, dorthin, wo sie, Mieze, noch vor wenigen Momenten gesessen hatte. Dann aber lenkte sie ein Klingen und Klirren ab, und sie fragte sich, was die magere Kerstin wohl mit dem knallroten Tuch machen würde, das ihr ein so entzücktes Gurgeln entlockte.

»Oh, Lyane, wie wundervoll. Genau so eines wollte ich haben.«

»Was ist das?« fragte Sigrid wißbegierig und befingerte den bestickten Stoff.

»Oh, ich mache doch jetzt Bauchtanz, wißt ihr? Dabei trägt man solche Gürtel.«

»Bauchtanz? Oh, wie wundervoll! Du mußt uns unbedingt etwas vortanzen!« bedrängte Sigrid sie.

Mieze faszinierte das Klimpern und Glitzern des Münzgürtels, und sie war drauf und dran, von dem Bord hinunterzuspringen und ihn sich zu sichern.

Tonia hatte die Katze erspäht und sich heimlich zu ihr durch die Menschen hingearbeitet, um sich schützend vor sie zu stellen. Rico, der zwar namenlos gelangweilt wirkte, hatte das Manöver ebenfalls bemerkt und nutzte die Gelegenheit, sich an Tonias Seite zu begeben.

»Du wolltest doch Höhepunkte im Programm!« flüsterte er. »Jetzt kommt einer!«

Tonia biß sich auf die Lippen, als Kerstin eine Kassette einlegte, das Tuch um die eckigen Hüften wickelte und mit Vehemenz anfing, dieselben zu schütteln. Mieze fauchte erschrocken auf und zog sich tiefer hinter die Vase zurück. Alle anderen im Raum starrten gebannt auf Kerstin, die ihren Körper vor und zurück zucken ließ.

»Vorher hat sie Kundalini-Yoga und Tai Chi, Salsa, Eiskunst-lauf und Steptanz ausgeübt. Alles mit derselben unbeschreib-lichen Anmut«, erklärte Rico, und Tonia konnte es einfach nicht unterlassen, ihren Körper in ein paar anmutigen Schlangen-bewegungen zu winden, was Rico mit einem beifälligen Zwin-kern quittierte.

»Ist dir wohl nicht so ganz fremd.«

»Nicht wirklich.«

»Irene hat gesagt, du lernst am Theater. Offensichtlich nicht als Maskenbildnerin?«

»Nein.« Tonia grinste ihn unverhohlen an. »In ihre Fuß-stapfen möchte ich nicht treten.«

»Du bist Tänzerin, nicht wahr?«

Sehr ausdrucksvoll hob Tonia ihre Schultern. Dann hatte Kerstin ihre Darbietung beendet und erhielt frenetischen Ap-plaus. Am lautesten von Rico, der sogar nach einer Zugabe ver-langte, was ihm von Tonia einen leichten Tritt gegen das Schien-bein eintrug.

Immerhin hatte das Spektakel alle Aufmerksamkeit auf sich ge-zogen, und Mieze hatte endlich die Möglichkeit gefunden, sich mit Papierballen und Schleifen zu vergnügen. Noch lustiger aber fand sie es, die Handtasche auszuräumen, die unter einem Stuhl stand und stark nach Irene roch. Vor allem der goldfar-bene Lippenstift hatte es ihr angetan. Mit Pfoten und Zähnen schaffte sie es, ihn hinauszubugsieren und dann über den Bo-den kollern zu lassen. Der Lippenstift rollte vor die Füße von Tonia, die sich bückte und ihn aufhob. Mieze aber wich er-schrocken zurück und überließ ihr klaglos die Beute. Sie hatte etwas Neues erspäht, denn Miriam, die noch immer, unbeein-druckt von dem gesellschaftlichen Gewoge um sie herum, in ihren Unterlagen las, hatte einen Stapel Seiten auf den Boden neben sich gelegt. Auch hier schafften die geübten Krallen es, einige Blätter herauszuziehen und wegzuschleppen. In der Nähe des Barschrankes, dort, wo Armin sich aufhielt, ließ Mieze sie jedoch vor Schreck fallen, weil er ihr mit einem unachtsamen Schritt beinahe auf den Schwanz getreten wäre. Sie huschte unter den Sessel, auf dem der alte Mann noch immer ruhig und gelassen saß und scheinbar unbeteiligt vor sich hin döste.

»Diese kleine Katze ist ein Spitzbub!« bemerkte Tonia im Flüsterton zu Rico, den sie trotz seiner Häßlichkeit immer gewinnender fand. »Sie hat Irene einen Lippenstift aus der Tasche geklaut.«

»Den Stift wird Irene sogleich vermissen. Sie hat die Tasche schon in der Hand, um im Badezimmer ein paar Restaurierungsarbeiten vorzunehmen.«

Tonia wendete die goldene Hülle ein paarmal in der Hand hin und her.

»Ich weiß nicht viel von ihr. Ist sie bei diesem Kosmetikhersteller beschäftigt?«

»Ja, diese Marke stellen sie her. Sie ist die Leiterin der Produktentwicklung.«

»Oha!«

Rico sah Tonia vielsagend an. »Eine kleine Rebellin?«

»Rico, möchtest du, daß man dir Salben in die Augen reibt, um zu sehen, ob sie die Bindehaut verätzen? Oder giftige Substanzen auf der Haut...«

»Psst, Tonia. Ich stehe doch auf deiner Seite.«

Doch Tonia, die so zierlich und harmlos wirkte, hatte eine kämpferische Seele, und der folgende Auftritt, in dem sie Irene wegen der in ihrem Unternehmen praktizierten Tierversuche angriff, sollte sich als der nächste programmatische Höhepunkt des friedlichen Christfestes herausstellen. Selbst Sigrids Beschwichtigungsversuche, unterstützt von Engelschören aus der Hifi-Anlage, konnten ihr keinen Einhalt gebieten. Erst ihrem Vater Fridjof gelang es, die Furie in ihr zu bändigen.

»Ich verstehe nicht, wie du dich mit einer solchen Frau abgeben kannst!« zischte Tonia nur noch einmal, dann gab sie endlich Ruhe.

Irenes schöne Maske aber hatte bei der lautstarken Auseinandersetzung einige Risse bekommen, und Mieze, die sie von ihrem Versteck aus beobachtet hatte, fand, sie sehe einer alten, gehässigen Rättin ähnlicher als einer Menschenfrau. Tonia hingegen hatte ganz normal wie eine wütende Wildkatze reagiert und fand damit Miezes Anerkennung, obwohl sie nicht wußte, worum es bei dem Gezanke ging. In die auf den Streit folgende Stille trillerte wieder einmal das Handy, worauf Dietrich sich in eine Ecke zurückzog. Mieze sah, wie seine Augenbrauen hochzuckten, während er lauschte und dann murmelte: »So, so, im Studentenwohnheim.«

Wieder witterte sie ganz in der Nähe den Geruch der Angst, und diesmal konnte sie die Quelle erkennen. Ferdi drückte sich an der Wand entlang und zog etwas aus der Hosentasche. Den Gegenstand in der hohlen Hand haltend, näherte er sich einem Zierväschen und ließ ihn hineingleiten. Dann entfernte er sich verstohlen von dieser Stelle und beschäftigte sich mit seinem Junior Ottomax, der versonnen ein buntes Plastespielzeug zerlegte.

Dann sorgten die beiden Blätter für eine nette Abwechslung, die Mieze aus Miriams Manuskriptstapel gezogen hatte. Armin hatte sie aufgelesen und überflogen. Anschließend kommentierte er: »Tolle Story, Miriam. Ich wußte gar nicht, daß dein vornehmer Verlag solche Schlüpfrigkeiten veröffentlicht.« Mit seiner dröhnenden Stimme las er eine derart drastische Sexszene vor, daß Kerstin vor Schrecken der Unterkiefer hinunterfiel, Lyane das Niesen vergaß, Laurelita blutrot anlief, Herbert runde Augen bekam und Sigrid noch nicht einmal mehr »Aber Armin!« stammeln konnte.

»Nun, dir gefällt ja offensichtlich so etwas«, beschied ihn Miriam kühl. »Ich hingegen habe soeben eine Absage an den Autor formuliert.«

Tonia kämpfte mit einem Anfall hemmungslosen Kicherns, den sie vergeblich hinter einem Taschentuch zu verbergen suchte. Rico half ihr keineswegs, sich zu beherrschen, im Gegenteil, er flüsterte ihr zu allem Überfluß ins Ohr: »Diese Katze hat ihren ganz eigenen Unterhaltungswert. Sie hat die Seiten stibitzt.«

Atemlos keuchte Tonia: »Dafür stibitze ich ihr nachher noch ein paar Lachsröllchen!«

»Von mir bekommt sie einen Milchshake. Ich frage mich, wie sie hier hineingeraten ist.«

»Mich wundert es, daß noch keiner außer uns sie bemerkt hat.«

»Ihr Fell ist sehr unauffällig, und sie selbst verhält sich sehr vorsichtig, die Kleine. Aber Großvater beobachtet sie schon die ganze Zeit.«

»Was? Ich hatte den Eindruck, er ist ständig in einen leichten Dämmerschlaf versunken.«

»Täusche dich nicht, Henry ist mit einem erschreckend scharfen Verstand gesegnet. Die Pose, die er bei derartigen Familienfeiern einnimmt, dient nur dazu, sich ein paar weitere hintersinnige Klauseln für sein Testament auszudenken.«

Tonia konnte nicht umhin, einen Blick zu dem alten Mann zu werfen, und tatsächlich, unter den schweren Lidern glitzerten seine Augen. Als er ihre Aufmerksamkeit auf sich ruhen fühlte, zogen sich ein paar Fältchen darum zusammen, als ob er ihr ein verstecktes Grinsen übermitteln wollte.

»Verflixt, du hast recht. Er scheint der einzige zu sein, den dieses Fest wirklich amüsiert.«

»Nicht der einzige, Tonia.«

»Nein, du amüsierst dich auch.« Tonia sah den häßlichen jungen Mann neben sich mit noch stärkerem Interesse an und meinte dann: »Du bist ihm wohl nicht nur äußerlich sehr ähnlich, was?«

»Stimmt! Ich bin innerlich und äußerlich sehr häßlich.«

Noch prüfender betrachtete Tonia ihn und fand ihn immer weniger abstoßend. Im Gegenteil, sie fand ihn plötzlich sogar durchaus anziehend.

»Und du machst nur einen langweiligen Job in einer Anwaltskanzlei, was?«

»Würde ich dich anlügen, Tonia?«

»Du liebst es, den Anwesenden, ebenso wie dein Großvater, zu suggerieren, nicht weiter als bis drei zählen zu können.«

»Du unterschätzt mich maßlos. Ich schaffe es sogar bis vier.«

»Du studierst Jura, was?«

»Um Gottes willen, verrate mich nicht!«

Wieder mußte Tonia ihr Taschentuch zu Hilfe nehmen, um ihr Kichern zu verbergen.

Mieze fühlte auf ihre eigene kätzische Weise, daß in der Ecke, in der Tonia und Rico standen, eine höchst angenehme Stimmung aufgekommen war, und sie schlich unter Stühlen und zwischen Spielzeugverpackungen zu ihnen hinüber. Kurz rieb sie ihren Kopf an Tonias seidenbestrumpftem Knöchel und schlüpfte dann wieder hinter den Vorhang, der ihr schon seit Eintritt in das Haus als Versteck gedient hatte. Doch irgendetwas belegte den Platz. Irenes Schachtel! Eine Schachtel war schön, man konnte sich darin zusammenrollen und fühlte sich dann herrlich geschützt. Aber das, was da drin war, mußte heraus, auch wenn es angenehm nach Leder roch. Es hatte so häßliche, störende Metallnieten und Ketten. Geschickt, wie sie war, hatte Mieze das Ding bald aus der Verpackung gezerrt und schob es mit ihren Pfoten Tonia vor die Füße.

»Ei, was hat unsere kleine Freundin denn jetzt ausgegraben!«
fragte Tonia und bückte sich. »Hui!«

»Na, wenn du damit über die Straße gehst, wirst du Auf-
fahrunfälle verursachen. Dafür braucht man ja einen Waffen-
schein!«

Rico bestaunte ebenfalls das schwarze Ledermieder. Dann
aber bückte er sich, langte hinter den Vorhang und entwand
Mieze ein Stück Papier. Ein kurzer Blick darauf, und sein Gesicht
wurde ernst.

»Du solltest deinem Herrn Vater mal einen kleinen Tip geben. Es scheint hier eine seltsame Leidenschaft in der Familie
zu liegen.«

»Wem gehört das?«

»Irene. Der blasse Onkel Herbert redet sie manchmal auch
höflich mit Domina an.«

»Der Studienrat?«

»Er scheint eine Vorliebe für Rohrstöcke zu haben.«

Tonia schluckte und sah sich zu ihrem Vater um, der in ein
Gespräch mit Armin verwickelt war, in dem Anspielungen wie
»mein Freund, der Minister ... meine Beziehungen zu Regie-
rungskreisen ... meine Freunde in der Wirtschaft ... meine
Freunde im Vatikan ... unsere Filialen in New York und Boston ...« nur so wimmelten.

»Platzhirsche!« murmelte Rico, als sich Tonia außer Hör-
weite befand.

So ähnlich beurteilte Mieze die beiden Männer auch – zwei
Kater, die sich mit Imponiergehabe umstrichen, konnten das
nicht besser machen. Sie wunderte sich, daß Tonia, die Beute,
die sie ihr vor die Füße gelegt hatte, in der Hand haltend, zu
ihnen ging, ihren Vater geschickt aus dem Revier lotste und
dann mit leeren Händen zurückkehrte. Noch mehr allerdings
wunderte die Katze sich, daß diese kurze Abwesenheit anschlie-

ßend zu einem gesteigerten Höhepunkt des Abend wurde. Denn die Szene, die Fridjof seiner Freundin Irene machte, erschütterte die friedliche Familienfeier bis in die Grundfesten. Die Anklage der Untreue traf hingegen auch Herbert, der fassungslos vor seinem hysterisch kreischenden Weib floh, die eine Ziervase nach ihm warf, die an der Glastür zersplitterte, während der Luftzug, der entstand, als er ebendiese Tür hinter sich zuwarf, die Kerzenflamme mit einem trockenen Weihnachtsgesteck in Verbindung brachte und es entflammte. Es half auch das Glas Whisky nicht, das Armin zum Löschen darübergoß. Erst Rico schaffte es, die Flammen mit einem Sofakissen zu ersticken.

Fridjof hingegen verließ die Feierlichkeit mit der vernichtenden Bemerkung: »Und, Armin, wie ich gehört habe, wurde Ihr Vertrag mit der Zeitung ja auch nicht verlängert. Ein schönes Fest noch allerseits.«

Sigrid schlug dramatisch die Hände vor den Mund und stöhnte: »Aber Armin ...!«

In dem allgemeinen Tumult klingelte abermals Dietrichs Handy, und diesmal traf sein Blick, als er zuhörte, Ferdi. Der junge Mann wurde, wie Mieze, die in Panik auf einen Schrank gesprungen war, erstaunt feststellen konnte, grün im Gesicht.

»Es sieht aus, als ob dein Vater diese Veranstaltung verlassen hat, Tonia!«

Rico warf das angesengte Sofakissen achtlos auf den Boden.

»Mich scheint er in der Aufregung auch vergessen zu haben.«

»Ich bringe dich nach Hause. Oder wo immer du hinwillst.«

»Danke, Rico. Aber nicht ohne diese Katze.«

Das häßliche Gesicht verzog sich zu einem diesmal sehr herzlichen Grinsen. Er bückte sich, um einen großen Karton aufzuheben.

»Dann wollen wir mal sehen, ob wir sie überreden können, hier einzuziehen.«

»Nicht, solange das Gekreisch anhält. Sie muß ja völlig verstört sein.«

Verstört war Mieze aber ganz und gar nicht. Im Gegenteil, sie nutzte die Gelegenheit, um endlich nach Herzenslust unbeachtet in den Papierbergen zu wühlen und Glitzerbändchen zu jagen. Dazwischen lagen unter anderem nun auch die Scherben der Ziervase, und genau dort fand sie dann etwas, mit dem man noch viel schöner spielen konnte. Das Tütchen mit dem weißen Pulver erregte ihre Neugierde, und sie warf es wie eine frisch gefangene Maus mit den Pfoten hoch, schubste es vor sich her und maunzte dabei voller Triumph.

»Was hat sie da nur?« fragte Tonia, und Rico, der ebenfalls auf Mieze aufmerksam geworden war, hielt kurz den Atem an.

»Ich denke, das ist etwas, was meinen Vater außerordentlich interessieren wird.« Er bückte sich und rief freundlich: »Miez, miez!«

»Moment mal!« unterbrach ihn Tonia. »Bieten wir ihr etwas Besseres.«

Sie schlüpfte in die Küche und klaubte eine der übriggebliebenen Lachsscheiben vom Teller. Die Verlockung erwies sich als bestechend, und Mieze ließ von dem Beutel ab, um das gebotene Leckerchen zu verputzen.

»Ihhh! Eine Katze!« quietschte Lyane auf, die sie beobachtet hatte, weil sie sich wegen ihres Niesens nicht an dem Tumult der anderen beteiligen konnte. »Warum habt ihr mir nicht gesagt, daß ihr eine Katze habt. Ich bin doch allergisch gegen Tierhaare!«

»Katze? Hier gibt es keine Katze!«

Sigrid wandte sich von Kerstin ab, die hysterisch schluchzend auf dem Sofa zusammengebrochen war.

»Und was ist das!« schniefte Lyane und wies niesend auf das graubraun getigerte Tier, das sich nach dem Genuß der gereichten Köstlichkeit die Schnurrhaare putzte.

»Wer hat das Viech mitgebracht? Du, Rico?« brüllte Armin und machte einen drohenden Satz auf die Katze zu, die sogleich auf den höchsten Schrank flüchtete.

Rico grinste und sagte: »Nein, das war Ferdi.«

Armin wandte sich zu dem jungen Familienvater um, der eben versuchte, den Raum unauffällig zu verlassen.

»Wie kannst du ...«, begann Armin zu toben, doch Henry, der sich aus den Tiefen seines Sessels aufrichtete, unterbrach ihn mit erstaunlicher Autorität in der Stimme: »Bevor du dich weiter aufregst, schließ bitte die Tür.«

Verdutzt gehorchte Armin, und Rico übergab seinem Vater das Päckchen, das er Mieze abgeluchst hatte.

»So etwas in der Art suchtest du doch, nicht wahr?«

Dietrich betrachtete die kleine Tüte mit dem weißen Pulver nachdenklich, griff zum Handy und sagte nur kurz zu jenen, die offensichtlich auf seine Anweisungen warteten: »Ihr solltet reinkommen.«

Es klingelte kurz darauf an der Tür, und zwei Männer in unauffälligem Zivil wiesen sich dem verblüfften Armin gegenüber mit ihren Dienstmarken aus.

»Ist es das, was ich vermute?« fragte Tonia, zu Rico gewandt.

»Ich glaube schon. Der saubere Ferdi steht schon seit einiger Zeit unter Verdacht, mit Heroin zu dealen. Das Speditionsgeschäft seines Vaters scheint sich dafür gut zu eignen. Es hat heute abend eine Razzia in einem Studentenheim gegeben. Sie waren ihm dicht auf den Fersen, hatten aber noch keinen Beweis. Dad dachte, es sei eine gute Idee, diese Einladung anzunehmen, um dem Bürschchen unauffällig auf den Zahn zu fühlen.«

»Daher seid ihr hier? Nicht wegen des Familiensinns? Wie prosaisch.«

Dann war alles ziemlich schnell zu Ende. Ferdi wurde verhaftet, Irene äußerte einige sehr giftige Bemerkungen über die junge, glückliche Familie, die Sigrid dazu brachte, schlichtweg in Ohnmacht zu sinken. Kerstin erholte sich, nachdem sie nicht mehr im Mittelpunkt des Geschehens lag, recht schnell von ihrer Hysterie und befahl ihrem Gatten Herbert mit einer Stimme, die ihm nichts Gutes verhieß, sie, Lyane und Maria-Henriette umgehend nach Hause zu fahren. Armin goß sich noch einen Whisky ein, trank ihn aus und stolperte schwankend aus dem Raum, Laurelita folgte ihm mit einem gekeuchten: »Aber Papa!«

Miriam sammelte ungerührt ihre Manuskriptseiten ein, verstaute sie ordentlich in der Aktentasche und fragte: »Kommst du mit uns, Rico?«

»Später. Ich habe hier noch zu tun.«

Es war still und bis auf den Schein zweier Kerzen auch sehr dunkel in dem verlassenen Wohnzimmer. Nur Tonia und Rico waren noch dort, saßen eng nebeneinander auf dem Sofa und warteten einträchtig darauf, daß Mieze sich endlich aus ihrem Versteck traute. Dabei schlich sich ganz beiläufig Ricos Arm um Tonias Nacken, und wie selbstverständlich legte sie ihren Kopf auf seine Schulter.

»Hast du eine Wohnung, in der du eine Katze halten kannst?« fragte Rico nach einer Weile.

»Es wird schwierig, aber es wird irgendwie gehen.«

»Meine Wohnung ist recht groß, und ich habe Zugang zu einem verwilderten Garten ...«

»Dann wirst wohl besser du sie zu dir nehmen.«

»Ich würde dir gerne Besuchsrecht einräumen, Tonia. Jederzeit, sozusagen.«

»Mau!« sagte Mieze und hüpfte auf Tonias Schoß, während die sich langsam aus Ricos Umarmung löste. Noch einmal zuckte sie vorsichtig zurück, doch dann ließ sie sich von den zärtlichen Menschenfingern genüßlich streicheln. Sie hatte auch nichts dagegen, in der mit einer weichen Decke ausgepolsterten Kiste Platz zu nehmen, und blieb sogar sitzen, als der alte Mann in den Raum trat.

»Habe ich es mir doch gedacht, daß ihr noch hier seid. Ihr nehmt diese Katze mit?«

»Ja, natürlich, Großvater.«

»Das ist gut. Sie kam mit dem Christbaum her. Irgendwie muß sie mit ins Auto gesprungen sein, als Armin den Baum geholt hat.« Er beugte sich zu der Katze nieder und kraulte ihr das Fell zwischen den Ohren. Mieze schnurrte begeistert. »Bist ein seltsam kluges Geschöpf, Kätzchen.«

»Mirr!«

»Hier, mein Junge, dein Weihnachtsgeschenk. Sollte für Katzenfutter in der nächsten Zeit reichen.« Er drückte Rico einen Umschlag in die Hand und nickte Tonia zu. »Auf diese Weise kommen Sie ja doch in die Familie. Freut mich. Sie sind ein aufmerksames Mädchen.«

»Und Sie sind ein überaus aufmerksamer alter Herr.«

»Bin ich tatsächlich, meine Liebe. Besuchen Sie mich mit dem Jungen mal.«

Er humpelte ohne weiteren Gruß aus dem Raum, und Tonia fand Rico mit einem Blick, starr vor Staunen. Er hielt einen Scheck in der Hand und murmelte leise: »Das reicht aber für verdammt viel Katzenfutter.«

EVA DEMSKI

Katzenweihnacht

Hühnerleber? Wiener Würstchen?
Für den Pelz ein feines Bürstchen?
Brekkies? Bommeln? Fangebällchen?
Maus mit echtem Mausefellchen?
Kratzbaum? Körbchen? Oder ein
Gut gebratenes Spatzenbein?

Vom Himmel hoch da kommt es her
Wenn nur schon Bescherung wär!

ASTRID BONNER
Spinat und Spiegelei

Zu den Aufgaben, die in den väterlichen Bereich fielen, gehörte der Erwerb des Weihnachtsbaumes. Stets machte sich Papa rechtzeitig auf die Suche und brachte erstaunliche Sachen nach Hause. Es war wohl auch seiner Gutmütigkeit zuzuschreiben, daß er mit Ladenhütern zurückkam; entweder waren sie zu klein oder krumm oder hatten vorne oder hinten nicht ganz zugewachsene Löcher. Jedenfalls wenn unser Baum kam, war die erste Weihnachtsüberraschung fällig.

Man konnte es Vater nicht übelnehmen, wir wußten ja, er tat es nicht vorsätzlich. Als er allerdings einmal eine traurige Fichte mit heimbrachte, die noch dazu in der Mitte zersägt und wieder zusammengebunden worden war, schickte ihn Mutter an den Ort des Erwerbs zurück. Der, den er dann besorgte, war wenigstens ganz, wenn auch dafür einen Fuß kleiner.

Ich sehe meine Mutter noch, mit weißer Schürze, die Hände resolut in die Seite gestemmt, in der Küche, in der sämtliche Vorbereitungen für die Großkampftage des Festes zusammenliefen. Sie war auch die Begründerin der Sitte, nach der der Speisezettel in den Vorweihnachtstagen besonders bescheiden zu halten war. Das Ergebnis dieses Schmalspurspeiseplans, will sagen, das eingesparte Geld, wurde einem guten Zweck zugeführt, über den die familiäre Tafelrunde sich zuvor verständigte. Waren Spinat und Spiegelei in diesen Tagen angesagt, folgte mit Sicherheit irgendwann die Frage:

Und für welchen guten Zweck wollen wir diesmal sparen . . .?

Unserem Jüngsten war es dann überlassen, den zu einem größeren Schein aufgerundeten Betrag in den weihnachtlichen Klingelbeutel zu werfen.

Wieder war es eine Woche vor Weihnachten. Mit bangen Blikken sahen wir Vater in den VW-Käfer steigen, auf dem Weg zur Endstation der Straßenbahnlinie 1, wo die Christbäume zum Verkauf bereitlagen. Wir erinnerten uns an die Bäume der vergangenen Jahre, und auch Mama konnte sich eines Schmunzelns nicht erwehren und meinte:

»Mal sehen, was uns dies Jahr ins Haus schneit!«

Schon knapp eine halbe Stunde später stand Vater strahlend vor der Tür, der Baum war bereits vom praktischen Transportnetz befreit, und er war, was wir alle noch nicht in unserem Wohnzimmer gesehen hatten: ein gerades, schmuckes, frisches Bäumchen. Nicht zu klein und nicht zu groß; unten breit genug gewachsen, oben mit einer schönen Spitze, die genau die Länge besaß, die unser Rauschgoldengel brauchte, um auf ihr wirkungsvoll tanzen zu können.

Wir waren, wie man so schön sagt, sprachlos.

Dann bemerkte meine älteste Schwester, mich mit dem Ellbogen anstoßend:

»Wirst sehen, *das* wird ein Fest, dem fehlt nichts.«

So ganz konnte ich es selbst nicht fassen, und immer wenn sich die Gelegenheit ergab, warf ich einen Blick auf das Bäumchen, das im Garten geduldig seiner Bestimmung harrte.

An Heiligabend, so kurz vor zehn Uhr morgens – vom Dachboden hatten wir schon die Krippe und alle Schmuckutensilien ins Vorzimmer gebracht – war es endlich soweit. Papa ging in den Garten und holte mit raschen Schritten den Baum, der bereits in seiner Halterung saß, herein. Wir Kinder hielten schmuckbereit Kerzenhalter, die schönen alten Kugeln aus Nürnberg, Strohsterne und ähnliches in den Händen, und wir konnten es kaum erwarten, unsere Aufgabe aufs beste zu erledigen.

Das Bäumchen wurde auf einen kleinen Tisch gehoben, um es besser zur Wirkung zu bringen, und da merkten wir es alle. Mit ihm war ein durchdringender Geruch ins Zimmer gekommen, mehr noch: ein schneidender Gestank. Es bestand kein Zweifel, wir wußten sofort: es roch nach Kater, nach Nachbars Lumpi (denn so hundemäßig hieß der Übeltäter).

Wir versuchten alles, aber Lumpis Verewigung war nicht aus der Welt zu schaffen, nicht durch Lüften, Waschen, auch das WC-Tannenspray wurde eingesetzt, was die Sache aber nur noch schlimmer machte.

Uns Kindern saß der Kloß im Hals, die Eltern machten betretene Gesichter. Es half nichts.

»Ein neuer Baum muß her«, seufzte Mutter.

Papa schaute kritisch in sein Portemonnaie und zog noch einmal los.

Der neue Baum war gar nicht so schlecht wie befürchtet, ein wenig zerzaust vielleicht, wir älteren Kinder aber waren froh, daß nun die Vorbereitungen, die zur Bescherung führen würden (und das bedeutete: Geschenke! Geschenke!), endlich beginnen konnten. So ging der Aufputz des Baumes schnell von der Hand. Nur unser Jüngster wirkte eigentümlich bedrückt.

Schließlich fragte er zögernd:

»Gibt's jetzt heut' abend wieder nur Spinat . . .?«

Das darauf losbrechende Gelächter war der Anfang eines wundervollen Weihnachtsfestes . . .

ELIZABETH CLEGHORN GASKELL
Weihnachtsstürme und Sonnenschein

In der Stadt ... (wo auch immer) gab es einmal (wann auch immer) zwei lokale Zeitungen. Die *Flying Post* war ein etabliertes und angesehenes Blatt – mit anderen Worten bigott und konservativ; der *Examiner* war geistreich und intelligent – mit anderen Worten neumodisch und demokratisch. Diese Zeitungen enthielten jede Woche Artikel, in denen sie sich gegenseitig mit einer Schärfe und Bosheit angriffen, wie man sie nur überhitzten Gemütern zuschreiben kann; allerdings hatten sie jeweils immer einen stereotypen Einleitungssatz – »Auch wenn der Artikel in der letzten *Post* (im letzten *Examiner*) unter aller Kritik ist, fühlen wir uns veranlaßt« etc., etc. Und jeden Samstag schüttelten sich die fortschrittlichen Ladenbesitzer die Hände und waren sich einig, daß die *Post* durch den beißenden, cleveren *Examiner* erledigt sei; während die würdevolleren Konservativen immer bedauerten, daß Johnson auf jenes windige Blatt, das nur von einer kleinen vulgären Minderheit gelesen wurde, seinen Geist verschwendete; aber dennoch – so meinten sie – seien die Tage des *Examiner* gezählt.

Das stimmte aber ganz und gar nicht. Der *Examiner* blühte und gedieh; wenigstens arbeitete er ohne Verlust, wie einer der Helden meiner Geschichte feststellen konnte. Dieser war der Hauptschriftsetzer, oder wie immer man den Verantwortlichen nannte, der für den mechanischen Arbeitsablauf zuständig war. Aber er beschränkte sich nicht auf diesen Bereich. Ab und zu, wenn ein Manuskript zu kurz ausgefallen war, hatte er, natürlich ohne das Wissen des Herausgebers, den freien Raum mit eigenen Entwürfen ausgefüllt; etwa mit der Ankündigung einer neuen Erbsenernte im Dezember; dem Auftauchen einer grauen Drossel oder eines weißen Hasen oder dergleichen Interes-

santem; erfunden – zugegebenermaßen – eigens für diese Not-
lage; aber was macht das schon? Seine Frau wußte immer, wann
sie eine kleine Probe des literarischen Talents ihres Mannes zu
erwarten hatte: Als Auftakt schickte er ein seltsames Gehüstel
voraus; und aus diesem ermutigenden Anzeichen und der ho-
hen und emphatischen Stimme schloß sie wohlwollend, daß
die »Ode auf eine frühe Rosenblüte« in der Spalte, die der Dich-
tung großer Engländer vorbehalten war, und der mit *Pro Bono
Publico* unterzeichnete Brief in der Leserbriefecke aus der Feder ihres Mannes stammten, und trug ihren Kopf dementspre-
chend hoch.

Ich konnte niemals herausfinden, was die Hodgsons veran-
laßte, im selben Haus wie die Jenkins' zu wohnen. Jenkins hatte
die gleiche Stellung bei der Tory-Zeitung wie Hodgson beim
Examiner, und wie ich schon sagte, überlasse ich es dem geneig-
ten Leser, den richtigen Namen für diesen Beruf zu finden. Aber
Jenkins wußte, was man in seiner Position von ihm erwartete,
auch nahm er jegliche Autorität ernst, vom König bis hinunter zum ersten und zweiten Redakteur. Irgendeine nicht aus-
gefüllte Zeitungsecke mit eigenen Produkten zu füllen wäre
ihm ebensowenig in den Sinn gekommen, wie die königliche
Krone als Nachtmütze oder das königliche Zepter als Wander-
stab auszuleihen. Und ich glaube, er hätte Hodgson noch mehr
verachtet (wenn dies überhaupt möglich gewesen wäre), hätte
er Kenntnis gehabt von den ›Geniestreichen‹, wie letzterer selbst-
verliebt die eingefügten Paragraphen im Gespräch mit seiner
Frau zu bezeichnen pflegte.

Auch Jenkins hatte eine Frau. Man brauchte die Frauen, um
den Streit, der in einer denkwürdigen Weihnachtswoche vor
etwa zwölf Jahren zwischen den beiden Nachbarn, den Schrift-
setzern, ausbrach, auf die Spitze zu treiben. Erst durch die Frau-
en war es so ein richtig schöner und vollkommener Streit. Was
die beiden gegnerischen Parteien noch ebenbürtiger machte

und zu gleich starken Gegnern im Kampf werden ließ, war die Tatsache, daß die Hodgsons ein Baby hatten (»und was für ein Baby!« – »einen armseligen Winzling«) und Frau Jenkins eine Katze (»und was für eine Katze!« – »einen großen, gräßlichen, maunzenden Kater, der immer die Milch für Goldengelchens Abendessen stahl«). Nachdem ich nun die wackeren Kämpfer aufgestellt habe, muß ich vom Kampf berichten. Es war der Tag vor Weihnachten. Der Ostwind blies kalt; der Himmel war dunkel verhangen; die Passanten hatten einen erstarrten Blick, als sie, gehetzter denn je, ihre Einkäufe für den nächsten Festtag erledigten.

Bevor er seine Wohnung am Morgen verließ, hatte Jenkins seiner Frau etwas Geld gegeben, damit sie das Essen für den nächsten Tag kaufen konnte.

»Liebste, ich hätte gerne Truthahn und Würstchen. Das mag eine Schwäche sein, aber ich gestehe, ich mag nun einmal Würstchen für mein Leben gern. Das habe ich von meiner verstorbenen Mutter. Geschmack ist erblich. Was die Nachspeise anbelangt – ob Plumpudding oder *mince pies*, das überlasse ich ganz dir; ich bitte dich nur, keine Kosten zu scheuen. Weihnachten ist nur einmal im Jahr.«

Und noch einmal rief er, als er unten im ersten Stock angelangt war, ganz nahe an Hodgsons Türe (»solch eine Angeberei«, wie Mrs. Hodgson bemerkte), »Liebste, vergiß die Würstchen nicht!«

»Ich hätte gerne etwas Außergewöhnliches, Mary«, sagte Hodgson, als sie den nächsten Tag planten, »aber ich denke, Roastbeef ist gut genug für uns. Du weißt, meine Liebe, wir haben eine Familie.«

»Nur ein Kind, Jem! Dennoch, glaub mir, will ich gar nichts anderes als Roastbeef. Bevor ich eine Stellung annahm, glaubten Mutter und ich, daß Roastbeef ein ganz hervorragendes Essen sei.«

»Ja, dann bleibt's dabei, Roastbeef und Plumpudding; und jetzt leb wohl. Paß auf Klein-Tom auf. Ich hatte den Eindruck, er war heute morgen etwas heiser.«

Und schon eilte er fort zur Arbeit.

Seit einer guten Weile hatten Mrs. Jenkins und Mrs. Hodgson nicht mehr miteinander gesprochen, kannten aber sehr wohl alle Vorkommnisse und Meinungen des anderen Haushalts, so als stünden sie in Kontakt miteinander. Daher wußte Mary, daß Mrs. Jenkins sie verachtete, weil sie kein Spitzenhäubchen hatte, wie Mrs. Jenkins eines besaß; und die gelegentlichen kleinen knausrigen Einsparungen, zu denen die Hodgsons gezwungen waren, hätte Mary geduldig in Kauf genommen, hätte nicht Mrs. Jenkins Wissen um ihre Sparmethoden sie zusammenzucken lassen. Aber sie hatte ihren Triumph. Sie hatte ein Kind und Mrs. Jenkins hatte keines. Für ein Kind, und wäre es noch so schwächlich gewesen wie Klein-Tom, hätte Mrs. Jenkins gerne die einfachste Haube getragen, die Feuerstellen geputzt und ihre Finger bis auf die Knochen geschunden. Die große, unausgesprochene Enttäuschung ihres Lebens verbitterte ihr Gemüt und machte sie verschlossen, neurotisch und egoistisch.

»Verfluchter Kater! Er hat schon wieder gestohlen! Er hat mit seinem gräßlichen Maul vom kalten Braten gefressen, so daß man das Fleisch niemandem mehr vorsetzen kann. Jetzt habe ich nichts für Jems Mittagessen. Dem werd ich's geben, jetzt wo ich ihn erwischt habe, ja, dem werd ich's geben!« Während sie das sagte, ergriff Mary Hodgson den Sonntagsausgehspazierstock ihres Mannes und verabreichte dem Kater trotz seines Schreiens und Kratzens eine ordentliche Tracht Prügel, die ihn in Zukunft von seinen diebischen Neigungen heilen sollte – als, o Schreck, plötzlich Mrs. Jenkins mit wuterfülltem Blick in der Tür stand.

»Schämen Sie sich denn gar nicht, Madam, so ein armes,

stummes Tier zu mißhandeln? Es folgt doch nur seinem In-
stinkt, den Gott ihm gegeben hat, Madam, und kann nicht anders, als sich Nahrung zu nehmen, wenn es sie sieht, Madam.
Warum schließen Sie, Madam, die Sie, wie ich hörte, von geizi-
ger Natur sind, Ihren Küchenschrank nicht ein bißchen besser
ab? Das unvernünftige Tier hat ja schließlich auch ein Recht.
Ich werde Mr. Jenkins fragen, ob jene radikalen Neuerer mit
all ihrem Reformeifer auch dieses Gesetz schon wieder abge-
schafft haben, aber ich denke nicht, Madam. Ist mein armer
Schatz, mein Tommy-Liebling, verletzt? Hat er etwa ein Bein gebrochen, nur weil er einen Bissen von einem Stück Hammel-
fleisch genommen hat, das die meisten Leute einem Bettler
geben würden, wenn er sich überhaupt herabließe, es zu nehmen!« So endete Mrs. Jenkins' Tirade, während sie einen ver-
ächtlichen Blick auf den Rest einer Hammelschulter warf.

Mary war sehr zornig und fühlte sich schuldig. Sie hatte wirklich Mitleid mit dem armen hinkenden Tier, als es zu seiner
Herrin kroch, sich dort hinlegte, um sich selbst zu bedauern;
sie wünschte sich, sie hätte nicht so fest zugeschlagen, denn
es war natürlich ihre eigene Unachtsamkeit, daß sie nie die
Türen am Küchenschrank richtig schloß, was den Kater zu seinem Raubzug veranlaßt hatte. Aber die Verunglimpfung ihres
kleinen Hammelbratens wandelte ihre Reue erneut in Wut,
und Mary schlug Mrs. Jenkins, die noch im Flur stand und ihre
Katze liebkoste, die Tür vor der Nase zu, und zwar mit einem
solchen Knall, daß Klein-Tom davon aufwachte und zu schrei-
en anfing.

Heute sollte für Mary aber auch alles schiefgehen. Wer konnte jetzt, da das Baby aufgewacht war, ihrem Mann das Mittagessen ins Büro bringen? Sie nahm das Kind auf den Arm und
versuchte es zu beruhigen, und als sie ihm vorsang, mußte sie
weinen und wußte nicht weshalb – wohl eine Reaktion auf ihren Wutausbruch. Hätte sie nur niemals die arme Katze geschla-

gen. Ob ihre Pfote wohl wirklich gebrochen war? Was würde ihre Mutter sagen, wenn sie gewußt hätte, wie wütend und grausam ihre kleine Mary werden konnte? Ob sie wohl in einem ihrer Wutanfälle auch einmal ihr Kind schlagen würde?

Es hatte keinen Sinn, das Baby in den Schlaf zu singen, während sie weinte. Sie mußte das Baby auf dem Arm mit zum Büro nehmen, denn die Mittagszeit war schon längst vorbei. Sorgfältig schnitt sie das Fleisch auf, wodurch es noch dürftiger aussah, nahm die Kartoffeln aus dem Ofen, legte sie glutheiß in ihren Korb mit all den anderen Utensilien wie Teller, Butter, Salz, Messer und Gabel.

Es wehte ein eisiger Wind. Sie kämpfte gegen ihn an, als sie dahineilte, und die Schneeflocken trafen sie scharf und schneidend wie Eis. Das Baby schrie auf dem ganzen Weg, obwohl sie es fest in ihr Tuch gewickelt hatte. Ihr Mann hatte sich auf Kartoffel-Pie gefreut, und (mochte er auch noch so literarisch gebildet sein) sein Verlangen hatte seinen Geist so überwältigt, daß er nur recht mürrisch auf den kalten Hammelbraten blickte. Als Mary schließlich zurück nach Hause kam, hatte sie keinen Appetit mehr auf ihr eigenes Essen. Nachdem sie versucht hatte, das Baby zu füttern, und es sich mißmutig geweigert hatte, Brot und Milch zu sich zu nehmen, legte sie es wie immer auf seine Steppdecke inmitten seiner Spielsachen, während sie sich wegschlich und den Talg für den Plumpudding zu hacken begann. Am frühen Nachmittag kam ein Päckchen, zunächst in braunes Packpapier gewickelt und dann in ein weißes, sonnengebleichtes und frisch duftendes Handtuch eingeschlagen, mit einem Brief von ihrer geliebten Mutter, in welchem sie in ihrer seltsam altmodischen Schrift mitzuteilen versuchte, daß sie ihre Tochter an Weihnachten natürlich nicht vergessen habe. Nachdem sie aber erfahren hatte, daß Farmer Burton sein Schwein schlachten würde, habe sie ihr Interesse an dem ausgezeichneten Fleisch angemeldet, aus dem sie jetzt einige Würste gemacht und sie so gewürzt habe, wie Mary es liebte, als sie noch zu Hause war.

»Meine liebe, liebe Mutter!« flüsterte Mary. »Ich kenne niemanden, der wie sie immer zuerst an andere denkt. Was für ausgezeichnete Würste sie macht! Hausgemachte Sachen haben einen ganz besonderen Geschmack, an den gekaufte nie herankommen. Ich bin überzeugt, hätte Mrs. Jenkins jemals Mutters Würste gekostet, würde sie niemals mehr die vom Metzger kaufen, die ihr Fanny gerade gebracht hat.«

Und so dachte sie an ihr altes Zuhause, bis schließlich das Lächeln und die Grübchen bei der Erinnerung an das schmucke Landhaus zurückkamen, das selbst jetzt mitten im Winter im Grünen stand, mit dem Feuerdorn, den Stechpalmen und dem großen Portugiesischen Lorbeer, der der ganze Stolz ihrer Mutter war. Und wie gut erinnerte sie sich an den rückwärtigen Weg durch den Obstgarten zu den Burtons! Die Kübel unreifer Äpfel, die sie aufgeklaubt hatte, um sie an die Schweine zu verfüttern, bis Farmer Burton sie geschimpft hatte, weil sie ihnen viel zuviel unreifes Fallobst gegeben hatte!

Sie wurde unterbrochen – ihr Baby (ich nenne es Baby, weil sein Vater und seine Mutter es so nannten, aber in Wirklichkeit war es schon achtzehn Monate alt) war schon vor einiger Zeit mitten in seinen Spielsachen eingeschlafen; ein unruhiger und ruheloser Schlaf, für den Mary aber dankbar war, da sein Morgenschlaf zu kurz gekommen und sie beschäftigt war. Aber jetzt machte der Kleine ein seltsam schnarrendes Geräusch, so als ob ein Stuhl schwer und knarrend über den Küchenboden gezogen würde! Seine Augen waren offen, drückten aber nichts als Schmerz aus.

»Mein Liebling!« sagte Mary und hob das Kind voller Entsetzen hoch. »Kleines, mach doch bitte nicht so ein Geräusch. Sei ganz ruhig, Liebling. Was ist denn bloß los?« Aber das Geräusch wurde nur noch schlimmer.

»Fanny! Fanny!« schrie Mary in Todesangst, denn ihr Baby war fast schwarz, als es um Luft rang, und sie hatte niemanden, den sie um Rat oder Mitgefühl bitten konnte, außer der Tochter ihrer Vermieterin, einem jungen Mädchen von zwölf oder dreizehn Jahren, die im Haus nach dem Rechten sah, während ihre Mutter als Köchin in vornehmen Familien arbeitete. Genaugenommen ging Fanny den Mietern oben zur Hand (die für den Gebrauch der Küche bezahlten, »denn die Jenkins' konnten den Geruch von gekochtem Fleisch nicht ausstehen«), aber sie saß gerade glücklicherweise bei ihrer Nachmittagsbeschäftigung und stopfte Strümpfe, so daß sie zu Mrs. Hodgson ins Wohnzimmer rannte, als sie deren Schreie hörte. Sie erfaßte die Situation mit einem Blick.

»Er hat den Krupp! O Mrs. Hodgson, er wird sterben. Mein kleiner Bruder hatte ihn, und er ist ganz schnell gestorben. Der Doktor sagte, er könne nichts für ihn tun – die Krankheit sei zu weit fortgeschritten. Er sagte, wenn wir ihn gleich in ein warmes Bad gesetzt hätten, hätten wir ihn retten können; aber, du meine Güte, er war nicht annähernd so elend wie Ihr Baby.« Ganz unbewußt spielte bei der Äußerung des Kindes die Freude mit, Eindruck zu machen; aber zweifelsohne war die Gefahr groß.

»Oh, mein Baby! mein Baby! O Liebling, Liebling! Huste doch nicht so erbärmlich! Ich kann's nicht ertragen. Und dann ist auch noch das Feuer so weit heruntergebrannt! Da sitze ich und denke an zu Hause und verlese die Weinbeeren und achte nicht auf das Feuer. O Fanny! Wie steht's mit dem Feuer in der Küche? Sag schnell.«

»Mutter hat mich beauftragt, es anzufachen und dann, sobald Mrs. Jenkins fertig ist, Kohlengrus darauf zu schütten, das habe ich auch getan. Es ist jetzt ganz heruntergebrannt und schwarz. Mrs. Hodgson, ich laufe schnell zum Doktor – ich kann es nicht länger mit anhören, es klingt wie bei meinem kleinen Bruder.«

Obwohl Mary die Tränen über die Wangen rollten, bedeutete sie ihr zu gehen. Zitternd, mutlos und voller Herzeleid legte sie ihren Jungen in die Wiege und rannte los, den Kessel aufzusetzen.

Mrs. Jenkins, die das kleine feine Essen für ihren Mann zubereitet hatte, der dafür nach Hause kam; Mrs. Jenkins, die ihm die Geschichte von der geschlagenen Katze erzählt hatte, auf die er zu Recht empört reagierte und sie als zum *Examiner* passendes Schurkenstück bezeichnete; Mrs. Jenkins, die, wie ihr Mann angeordnet hatte, Würste, Truthahn und *mince pies* gekauft, die Wohnung aufgeräumt und den Tee vorbereitet und ihre Katze (die die Schläge mehr oder weniger vergessen hatte, aber dankbar die Zuwendung genoß) verwöhnt und angemessen bedauert hatte; Mrs. Jenkins also, die all das und noch vieles andere getan hatte, setzte sich nieder, um ihre echte Spitzenhaube hübsch herzurichten. Sie zupfte an jedem einzelnen Faden und glättete ihn sorgfältig, als – was war das? Draußen auf der Straße erklangen helle Kinderstimmen, die die alten Weihnachtslieder sangen, die sie in ihrer Jugendzeit hundertmal gehört hatte –

> Des Engels Stimm' hört man im Feld:
> Heut' ist euch geboren der Heiland der Welt.
> Nicht im Palast oder in fürstlicher Hall',
> Sondern bei Ochs und Esel im Stall.
> In Windeln gewickelt liegt das Kind,
> Kein Purpurmantel schützt vor dem Wind.
> Auch nicht in silberner Wiege es liegt,
> Sondern auf Holz gebettet Maria es wiegt ...

Sie stand auf und ging zum Fenster. Dort unten stand die Gruppe kleiner schwarzer Figuren, die sich gegen den Schnee abhoben, der jetzt alles einhüllte. »Um der alten Zeiten willen«

kramte sie aus ihrem Geldbeutel für jedes Kind einen Halfpenny hervor und warf das Geld hinunter.

Der Raum war kalt geworden, während sie das Geld abzählte und es hinunterwarf, so daß sie ihr bereits abgebranntes Feuer anfachte und sich davorsetzte, aber nicht um ihr Spitzenhäubchen in Form zu ziehen. Vielmehr begann sie wie Mary Hodgson über längst vergangene Tage nachzudenken, wehmütige Erinnerungen an die Toten und Verschollenen, über längst vergessene Worte und die frommen Geschichten, die sie auf dem Schoß ihrer Mutter gehört hatte.

»Ich weiß überhaupt nicht, was heute abend über mich gekommen ist«, sagte sie halblaut, wobei der Klang ihrer Stimme sie aus ihrem Gedankengang riß. »Meine Gedanken verweilen bei den guten alten Zeiten. Jetzt sind mir bestimmt mehr Erinnerungen beim Gedanken an meine Mutter in den Sinn gekommen als all die letzten Jahre. Hoffentlich muß ich nicht bald sterben; denn der Volksmund sagt, denkt man zuviel an die Verstorbenen, muß man ihnen bald folgen. Gerade jetzt würde ich das ungern tun – noch dazu, wo es morgen einen so leckeren Truthahn gibt!«

Poch, poch, poch, an der Tür, so schnell es Fingerknöchel nur hergeben konnten. Und dann, da der Ankömmling nicht warten konnte, öffnete sich die Tür, und Mary Hodgson stand im Rahmen, bleich wie der Tod.

»Mrs. Jenkins! – Ihr Kessel kocht, Gott sei Dank! Geben Sie mir das Wasser für mein Baby, um Gottes willen. Es hat den Krupp und stirbt sonst!«

Mrs. Jenkins wandte sich auf ihrem Stuhl herum mit einem hölzernen, unbewegten Gesichtsausdruck, den auch ihr Mann kannte und der ihm (unter uns gesagt) wegen seiner aufgeblasenen Würde Furcht einflößte.

»Es tut mir leid, daß ich Ihnen nicht entgegenkommen kann, Madam. Ich brauche das Wasser für den Tee meines Mannes.

Sei unbesorgt, Tommy, Mrs. Hodgson wird es nicht wagen, sich aufzudrängen, wo sie nicht erwünscht ist. Sie schicken besser nach dem Arzt, Madam, als hier Ihre Zeit zu vergeuden und die Hände zu ringen, Madam – mein heißes Wasser ist bereits vergeben.«

Mary preßte die Hände mit leidenschaftlicher Kraft gegeneinander, aber sie richtete kein einziges bittendes Wort mehr an dieses hölzerne Gesicht – diese schneidende und entschlossene Stimme; sondern sie betete, während sie wegging, um Stärke, daß sie die auf sie zukommende Schicksalsprüfung ertrage und die Stärke habe, Mrs. Jenkins zu verzeihen.

Mrs. Jenkins beobachtete, wie sie ergeben davonging, wie jemand ohne Hoffnung, und wandte sich dann mit derselben Schärfe gegen sich selbst, mit der sie sonst anderen begegnete.

»Was bin ich für ein Scheusal, Herr vergib mir! Was ist schon der Tee meines Mannes gegen das Leben eines Babys? Noch dazu beim Krupp, wo Zeit alles ist? Du alte kratzbürstige Keifzange, du! – jeder merkt dir an, daß du nie ein Kind hattest!«

Bevor sie noch ihre Selbstvorwürfe beendet hatte, war sie schon unten (mit dem Wasserkessel in der Hand). Als sie in Mrs. Hodgsons Zimmer trat, wies sie alle Dankesbezeugungen zurück (Mary hatte sowieso keine Stimme für viele Worte) und sagte steif: »Ich tue es für Tom, Madam, in der Hoffnung, daß er einmal mehr Nachsicht gegenüber armen, stummen Tieren zeigt, wenn er vergessen hat, den Küchenschrank zu schließen.«

Aber sie machte alles und noch viel mehr, als Mary in ihrer jugendlichen Unerfahrenheit hätte tun können.

Sie bereitete das warme Bad und überprüfte es mit dem Thermometer ihres Mannes (Mr. Jenkins schaute pünktlich jeden Tag zu gegebener Stunde nach der Temperatur). Sie ließ die Mutter das Baby in die Badewanne setzen, während sie denselben starren und beleidigten Blick beibehielt, dann ging sie, ohne ein Wort zu sagen, nach oben. Mary wollte sie bitten, zu bleiben, aber sie brachte kein Wort über die Lippen. Nachdem Mrs. Jenkins das Zimmer verlassen hatte, rannen Mrs. Hodgson die Tränen über die Wangen, schneller als je zuvor. Arme junge Mutter! Wie sie die Minuten zählte, bis der Doktor kam. Aber vorher betrat Mrs. Jenkins erneut das Zimmer und hielt etwas in ihrer Hand.

»Ich habe schon viele Kruppanfälle gesehen, wahrscheinlich ganz im Gegensatz zu Ihnen, Madam. Senfwickel auf den Hals wirken Wunder; ich habe oben gerade einen gemacht, und mit Ihrem Einverständnis werde ich ihn dem armen kleinen Jungen auflegen.«

Mary konnte nicht antworten, aber sie signalisierte dankbar ihre Zustimmung.

Der Wickel begann zu wirken, und es brannte dem Kind am Hals, während die Frauen schweigend abwarteten. Der Kleine schaute auf seine Mutter, als ob er in ihrem Gesicht den Mut suchte, um den stechenden Schmerz zu ertragen; aber seine Mutter weinte still vor sich hin, als sie ihn leiden sah, und ihre fehlende Ermunterung ließ ihn laut zu schluchzen beginnen. Sofort hob Mrs. Jenkins ihre Schürze und verbarg ihr Gesicht: »Kuckuck, Baby«, sagte sie, so heiter sie nur konnte. Sein kleines Gesicht hellte sich auf, und seine Mutter schloß sich an und die beiden Frauen unterhielten das Kerlchen, bis der Wickel seine Wirkung getan hatte.

»Es geht ihm besser – oh, Mrs. Jenkins, schauen Sie nur seine Augen an! Welch ein Unterschied! Und er atmet ganz ruhig.« –

Während Mary noch sprach, kam der Arzt. Er untersuchte seinen Patienten. Dem Baby ging es wirklich besser.

»Es war ein schlimmer Anfall, aber die Therapie, die sie angewandt haben, war mehr wert als alle Medikamente eine Stunde später. Ich lasse ihm ein Pulver schicken«, etc. etc.

Mrs. Jenkins war geblieben, um seine Meinung zu hören. Gerade wollte sie (mit wunderbar leichtem Herzen) den Raum verlassen, als Mary ihre Hand nahm und sie küßte; sie konnte ihre Dankbarkeit nicht in Worte fassen.

Mrs. Jenkins schaute beleidigt und peinlich berührt, so als müsse sie gleich nach oben gehen, um sich die Hände zu waschen.

Trotz ihres leicht säuerlichen Blicks kam sie nach etwa einer Stunde leise herunter, um nachzusehen, wie es Baby gehe.

Der kleine Mann schlief ruhig nach der Aufregung, die er verursacht hatte, und als Mary am Weihnachtsmorgen aufwachte und in das süße, kleine, blasse Gesicht auf ihrem Arm blickte, konnte sie kaum glauben, in welcher Gefahr er gewesen war.

Als sie (später als sonst) herunterkam, war alles in heller Aufregung. Was glaubt ihr, was passiert war? Mieze hatte ihr Frauchen verraten und einige von Mr. Jenkins' besonderen Würsten gefressen; die anderen hatte sie angebissen und auf dem Boden verstreut, daß man sie nicht mehr essen konnte. Der Appetit dieser Katze war maßlos! Sie würde ihren eigenen Vater auffressen, wenn er nur zart genug wäre! Und nun wütete Mrs. Jenkins und schrie – »Verdammte Katze!«.

Und das am Weihnachtstag, wo alle Geschäfte geschlossen sind! »Was ist ein Truthahn ohne Würste?« fragte Mr. Jenkins mürrisch.

»O Jem!« flüsterte Mary. »Hör nur, was für ein Theater er wegen der Würste macht – ich würde Mrs. Jenkins gerne ein paar von Mutters Würsten hinaufbringen; sie sind doppelt so gut wie die gekauften.«

»Ich habe nichts dagegen, Liebste. Würste stellen keine Art von Vertraulichkeit dar; es ist nur seine Politik, die ich nicht ausstehen kann.«

»Jem, du hättest sie gestern abend mit Baby sehen sollen. Sie kann nun immer an mir herumkritteln, ich werde darauf nicht reagieren. Selbst ihrer Katze würde ich die Würste gönnen.«

Tränen traten in Marys Augen, als sie ihren Jungen küßte.

»Meine Liebe, du solltest nun besser hinaufgehen und der Katzenherrin die Würste bringen«, sagte Jem schmunzelnd.

Mary legte sie auf einen Teller, zögerte aber noch.

»Was soll ich sagen, Jem? Ich weiß das nie.«

»Sage – ich hoffe, Sie werden das Geschenk dieser Würste annehmen, denn meine Mutter – nein, das ist grammatikalisch nicht korrekt. Sage, was dir gerade in den Sinn kommt, es wird schon passen.«

Also trug Mary die Würste nach oben und klopfte an die Tür. Als sie das »Herein« hörte, errötete sie, aber sie schritt auf Mrs. Jenkins zu und sagte: »Bitte nehmen Sie diese, sie sind von meiner Mutter.« Ohne die Antwort abzuwarten, war sie wieder verschwunden.

Gerade als Hodgson sich zur Kirche fertigmachte, kam Mrs. Jenkins herunter und rief Fanny. Kurz darauf betrat diese Hodgsons Zimmer und überbrachte Grüße von Mr. und Mrs. Jenkins, die besonders erfreut wären, wenn Mr. und Mrs. Hodgson mit ihnen zu Abend essen würden.

»Und wickeln Sie das Baby fest in ein Tuch«, fügte Mrs. Jenkins vom Flur aus hinzu, nahe bei der Tür, wohin sie der Überbringerin der Nachricht gefolgt war. Man konnte den Vorschlag nicht diskutieren, da jedes Wort hätte mitgehört werden können.

Mary warf ihrem Mann einen unsicheren Blick zu, erinnerte sie sich doch, daß er nicht mit Jenkins' Politik übereinstimmte.

»Glaubst du, daß es dem Baby bekommt?« fragte er.

»Oh, bestimmt«, sagte sie schnell, »ich werde es ganz warm einpacken.«

»Ich habe schon 18 Grad Zimmertemperatur, obwohl es draußen so frostig ist.«

Wie, glaubt ihr nun, sind sie mit der Situation fertig geworden? Auf die beste Art der Welt. Mr. und Mrs. Jenkins kamen herunter zu den Hodgsons und aßen dort. Truthahn oben auf dem Tisch, Rinderbraten unten, Würste rechts, Kartoffeln links. Zweiter Gang: Plumpudding oben, *mince pies* unten.

Nach dem Essen wollte Mrs. Jenkins Baby auf den Schoß nehmen. Sie meinte, der Kleine würde die echte Spitze ihrer Haube bewundern, aber Mary war überzeugt (obwohl sie es nicht sagte), daß er sich über ihren freundlichen Blick und ihre schmeichelnden Worte freute. Er wurde also gut eingepackt und vorsichtig nach oben getragen, wo man den Tee in Mrs. Jenkins' Zimmer einnahm. Und nach dem Tee entdeckten Mrs. Jenkins, Mary und ihr Mann ihre gemeinsame Liebe zur Musik, und sie sangen – ich weiß nicht wie lange – die alten Lieder und Weisen, ohne ein Wort über Politik und Zeitungen zu verlieren.

Bevor sie auseinandergingen, überredete Mary die Mieze, auf ihren Schoß zu kommen, denn Mrs. Jenkins wollte sich einfach nicht von Baby trennen, das auf ihrem Arm eingeschlafen war.

»Wann immer Sie beschäftigt sind, bringen Sie ihn zu mir. Wirklich, es würde mir eine Riesenfreude bereiten. Sie müssen ja viel zu tun haben, jetzt wo ein zweites unterwegs ist, bringen Sie ihn hoch. Ich werde mich gerne um ihn kümmern. Kleiner Liebling, wie süß er aussieht, wenn er schläft!«

Als die Ehepaare wieder allein waren, sagten die Männer ihren Frauen, was sie im Innersten dachten.

Mr. Jenkins sagte zu seiner Frau: »Kannst du dir vorstellen, daß Burgess mir einreden wollte, Hodgson sei so dumm, gelegentlich selbst Artikel im *Examiner* zu schreiben, aber ich weiß jetzt, daß er seine Position kennt und viel zu klug ist, um so etwas zu tun.«

Hodgson sagte: »Mary, Liebste, aus dem, was Jenkins sagte (viel gebildeter, als ich erwartet hatte), ahnt er wohl, daß ich ›Pro Bono‹ und die ›Rosenblüte‹ geschrieben habe, jedenfalls habe ich nichts dagegen, daß du das bei Gelegenheit erwähnst; ich möchte ihn wissen lassen, daß ich literarisch tätig bin.«

So, jetzt habe ich meine Geschichte beendet; hoffentlich war sie nicht zu lang. Bevor ich abtrete, möchte ich noch etwas sagen.

Falls jemand von euch durch irgendeinen Streit oder ein Mißverständnis, durch Hartherzigkeit oder Mißtrauen, durch Nörgelei, Rangelei und Eifersüchtelei mit anderen entzweit ist, versöhnt euch vor Weihnachten – ihr werdet um so fröhlicher feiern.

Darum bitte ich euch eingedenk des Liedes der Engel, das vor so vielen Jahren die Hirten bei ihrer Nachtwache auf den Feldern von Bethlehem hörten.

TOM SCHULZ
Der Dicke

An einem dunklen Tag. Ich hatte mehr als zehn Stunden im Büro verbracht, die zäh dahinflossen. Mit der Schwärze der Gedanken, die schon am Morgen aufkamen, war ich ins Auto gestiegen und fuhr abends den gleichen Weg nach Hause. Die Stadtautobahn hatte sich bereits geleert, kahle Bäume flogen vorbei, die verwitterten Tribünen der ehemaligen Rennstrecke grüßten lautlos.

Ich sank betäubt auf den Sessel, hatte mir ein Bier aus dem Kühlschrank geangelt.

Die Wohnung lag still zum Hof. Ich holte mir ein weiteres Bier. Langsam kamen die Gedanken wieder, schwerfällig. Ein leiser Film legte sich über den Abend, eine leise Musik unterlegt mit leisen Bieren. Ich ging an eines der Bücherregale und schaute nach einem in Leinen gebundenen Werk aus komponierten leisen Worten. Ich fand zurück zu meinem Sessel, auf dem in der kurzen Zeit, in der ich zum Kühlschrank geschlendert war und anschließend zu einem der Bücherregale, ein Tier mit honigfarbenem Fell Platz genommen hatte. Genauer gesagt, hatte es sich darin ausgebreitet, sich ausgerollt. Den Kopf barg es in einem Knäuel, die Pfoten genüsslich ausgestreckt. Hin und wieder öffnete es ein kleines Maul und gähnte. Eine winzige Zunge schwamm darin, die leicht geriffelt war wie eine Dekorfeile. Der Herbst war in diesem Jahr sehr schnell vorübergegangen, hatte ich noch gedacht, da war schon der erste Schnee gefallen. Anfang November. Dass er nicht lange liegen blieb, gehörte zu dieser Stadt wie die Totentage, die bald darauf folgten. Der Feierabend dunkelte ein. Ein weiteres Bier hatte zu mir gefunden.

Ich hatte das Tier vorsichtig angehoben und an den Rand

der Sitzfläche gerückt. So teilten wir den Sessel für eine Weile; dann schob der Mond seine silberne Schneide zwischen den Schlaf und die Nacht löschte das letzte Licht, das Band der Träume, auf dem alles leise geklungen hatte.

Am nächsten Morgen saß ich vor dem Bildschirm, trank Kaffee und rauchte eine Zigarette nach der anderen. Bestellungen gingen ein, das Faxgerät raschelte wie ein Überbleibsel des Herbstes. Reif lag auf den Geländern, auf den Dächern.

Ich blickte aus dem Fenster, über das Werksgelände. Reif lag auf den Dingen, die leblos schienen.

Ich nickte meiner Kollegin vis-à-vis zu, die, während sie telefonierte, eine weitere Zigarette durch ihre Finger gleiten ließ. Sie sprach, lebhaft mit den Armen rudernd, von einem Großprojekt am Flughafen und lachte mitten im Satz laut auf.

Tunnel Tegel. Beischlag-Tunnel. Sanierung der Fahrbahn. Ausbau der Start- und Landebahn.

Abends hatte sie Spuren von rotem Lippenstift auf den Filtern zurückgelassen, die sich in einem ovalen Aschenbecher türmten. Ein Geruch aus süßlich schwerem Parfum lag im Raum, getaucht in kalten Rauch. Vermischt mit dem abgestandenen Kaffeeduft aus Kannen und Bechern.

Ich öffnete das Kippfenster; eine angenehme Kälte fuhr in die Haarwurzeln, eine froststarre Hand, als griffe sie unter mein Hemd. Der Winter war jetzt unausweichlich. Auf der Fahrt waren die Bäume diesmal silbern legiert.

Ich atmete auf, als ich die Ausfahrt unverändert vorfand. Ich würde vor dem Fernseher enden mit leisen Bieren, einem leisen Film.

Beim Aufschließen der Tür, ich setzte gerade einen Fuß in den Flur, schlich der Kater um meine Beine, schob seinen Kopf gegen meine Waden, wetzte sein Näschen an der Hose. Ich hob ihn auf meine Arme wie ein Baby und schaukelte ihn leicht.

Wenn ich ihn nah an mich hielt, spürte ich, wie er, der seit den ersten Wochen »Der Dicke« oder »Dickerchen« gerufen wurde, eigentlich ein dünnes Kätzchen war. Nur sein honiggelb gebauschtes Fell ließ ihn korpulent erscheinen; im Grunde war er ein fragiles, zerbrechliches Wesen. Geschenk an Sophia, meine Frau, von ihren Eltern, als sie achtzehn wurde. Ein Maine-Coon-Perser. Kreuzung aus Waschbär und einem gelbfiedrigen Vögelchen. Ein nobles Tier, scherzte ich, wenn Gäste kamen. Dann füllte sich der Raum mit Stimmen und Musik. Und einer wie ich wurde ein abendlicher Conférencier für erlesene Weine, für künstlerische Stimmungen. Meine Frau spielte am Klavier. Etwas von Schumann erklang aus dem Liederkreis. Weiße Zigarillos gingen an. Stimmen und Musik schritten auf einer unsichtbaren Leiter ihrem Höhepunkt entgegen.

Gelegentlich fuhr ich am Samstagnachmittag in die Firma. Flure und Gänge waren an diesen Tagen von einem ausgestorbenen Weiß. Ein stilles Weiß, das mich beglückte. Die Telefone schwiegen. Die Kaffeemaschinen unterließen ihr stöhnendes Röcheln. Das Faxgerät war kein Tag im Herbst. Selbst die Grünpflanzen und Gummibäume befanden sich in einem Zustand äußerster Ruhe.

Ich durchforstete einige Ring-Ordner und tänzelte nach drei Stunden zufrieden die Treppen hinunter zum Parkplatz.

Der Winter ließ sich nicht länger bitten, wie eine Melodie schwebte er über der bebauten Landschaft. Ein Frosthauch tauchte die Gegend in Vorstufen von Lametta.

Die Vorahnung von Christkindlsmärkten nahm in meinem Kopf Gestalt an.

Ich fand das Tier zusammengerollt hinter der Couch wie einen Iglu-Bewohner.

Es hatte sich erbrochen. Das Fell klatschnass.

Einmal im Hochsommer wurde »der Dicke«, wie wir ihn riefen, von einem Sonnenstich heimgeholt. Das noble Tier, wie ich gelegentlich scherzte, wenn Gäste kamen, hatte für einige Stunden in der prallen Mittagshitze gelegen, gedöst und war wohl eingeschlummert. Ich trug den schmalen Körper zum Katzenkorb, legte vorher ein Handtuch hinein. Zum Glück war Dienstag und ich konnte ihn in die Sprechstunde von Doktor Wundersee bringen. Jetzt, in diesem Winter, der sich zum Weihnachtsfest neigte, keuchte das Tier wieder hinter der Couch, völlig in Schweiß aufgelöst. Nachdem ich dem »Dicken« mehrmals kalte Handtücher umgelegt hatte, Wadenwickeln ähnlich, wie sie Mutter und Großmutter bei uns Kindern, wenn wir hohes Fieber hatten, auflegten in Form kalter Linnen. Der Kater versuchte immer wieder, die nassen Tücher abzustreifen, doch nachdem ich ihm die Notfalltablette unter das Trockenfutter gemischt hatte, wurde sein Körper ruhig. Er hatte nur widerwillig aus der Hand gefressen. Jetzt schlief er.

Von meiner Frau fehlte weiter jede Form von Materialität. Ich hörte den leisen Tapeten zu, die von den Wänden summten. Eisblumen erschienen am Fenster, auf den Einfachverglasungen des alten Mietshauses, wo sich Menschen, Parteien genannt, verrostete Balkone teilten.

In den frühen Morgenstunden, die von anhaltender Dunkelheit bestimmt waren, kratzte ich die vereiste Scheibe frei. Die Fahrertür war wieder einmal eingefroren; ich hielt die Flamme meines Wegwerffeuerzeugs gegen das Schloss und zählte bis zehn. Vom Beifahrersitz holte ich einen Handfeger und befreite die Seitenfenster von einer Schicht angebackenem Schnee.

Der Kaffee schmeckte ölig, schwach und bitter; er war lauwarm. Ich brach eine neue Packung auf und warf meinem Gegenüber mit bunt angeklebten Fingern eine Zigarette hinüber. Die Bürostunden wuchsen wie das Schwarze unter dem Fingernagel. Zum Quartalsende waren die Auftragsbücher über den Rand hinaus beschrieben. Zum Jahresende quollen sie über. Die Kolonnen liefen bis in die Nacht, liefen, bis sie sprichwörtlich schwarz wurden.

Ich zündete mir eine Zigarette an, griff zum Telefon. Sagte Dinge wie: Der Preis versteht sich einschließlich siebzehn Prozent Umsatzsteuer. Die Lieferung hat termingerecht einzutreffen. Montag, bis spätestens 9 Uhr. Franko Berlin. Frei Baustelle. In Paletten geliefert. Abgeladen. Tunnel Tegel. Beischlag-Tunnel. Sanierung der Fahrbahn. Ausbau der Start- und Landebahn.

Ich zog an der Zigarette, es war die nächste oder die übernächste. Leiser Rauch schwebte über dem ratternden Faxgerät. Herbst war lange her. Das Telefon würde nicht still stehen bis in den frühen Abend.

Die rot geschminkten Lippen mir gegenüber, die sich mir sonst spitzten und heftig an den Filtern sogen, hatten bereits den Weihnachtsurlaub angetreten. Stille Nacht.

Die wenigen verbliebenen Kraftfahrzeuge auf dem Firmengelände schlummerten weg. Gepanzerten Reptilien ähnlich, gingen sie in eine Schlafgrätsche.

Ich hob den Dicken auf meine Oberschenkel. Er könnte die Idee einer wärmenden Decke verkörpern. Er verkörperte eine Heizdecke für meinen rheumatischen Geist.

Wir beide, ausgetreckt im Sessel, leise heruntergedimmt. Ein leises Bier gesellte sich dazu. Ein leiser Film. Leise Filmmusik. Das Pelztier auf den Knien, wenige Tage vor Heiligabend. Der Dicke und ich gähnten tief aus dem Inneren.

Sollte ich den Kater, dessen honiggelbes Fell leuchtete, an die Leine nehmen und mit ihm spazieren gehen? Er, der nichts von der Welt kannte, würde er es mir danken? Bei diesem Gedanken schlief ich im Sessel ein, die leisen Biere hatten mich schläfrig gemacht.

Schnee ist gut für die Seele, habe ich in einem russischen Roman gelesen. Man soll sich in Schnee einbalsamieren lassen, stand geschrieben. Ein tiefer Friede würde zu einem zurückfinden. Heller, guter Schnee. Ich wollte Sophia anrufen, meine Frau auf dem Papier. Die Ansagemaschine verriet oder gab vor, dass sie nicht zu sprechen sei im Augenblick. Im Augenblick rieselte es vor dem Fenster. Heller, guter Schnee.

Ich würde den »Dicken« behalten, sagte ich mir. Schließlich war er die letzte Verbindung zu ihr. Ein Lächeln huschte über unsere Barthaare. Ich schnippte mit dem Finger; ein leises Bier gesellte sich zu mir.

»Sophia, bitte melde dich. Ich bin in Sorge um dich, um uns. Falls es uns noch gibt.

. . . Äh, gibt es dich noch, ich meine dich als Sophia, als die Sophia . . . Also bitte melde dich doch bald . . .!«

Am letzten Arbeitstag erhielt ich einen Umschlag von der Geschäftsleitung.

Dreizehntes Gehalt. Frische Scheine. Geld, um mich freizukaufen. Ich lenkte den Wagen durch ein Rondell. Lichtbänder, Spruchbänder. Ein Diamant hält ewig. Blue Hope. Millennium Star. Letztes Weinachten gab ich dir mein Herz. Ich wechselte den Sender. Aufblitzende Dunkelheit. Glätte, die aufkam. Die Reifen drehten sich, drehten für einen Moment durch. Ich gab Gas, mehr Gas, und der Wagen schlitterte durch die Kurve der Allee. Kein Auto kam mir entgegen; es war kurz vor Mitternacht.

Ich lag im Bett. Die Welt war leise erloschen. Gott sei Dank. Endlich war alles still. Eingefriedet in mir. Ich wälzte mich durch die Kissen. Ich streckte mich in die weiche Fläche der Stille, die mich einschloss wie die Fliege in den Bernstein.

Bernsteinfarben wie das Tier würde ich sein. An der Tür kratzte es plötzlich, erst einmal, dann mehrmals. Bernsteinfarben. Ich würde mir auch die Krallen schärfen lassen. Ich schaltete den Fernseher an; auch hier fielen weiße Flocken.

In den Tiefen Russlands, hieß es, fällt täglich meterweise neuer Schnee, der einen salbt. Der die Wunden schließt. Die Wunden versiegelt. Heller, guter, tiefer Schnee.

Ich öffnete ein Schälchen Exquisit-Putenstreifen in Sahnesoße. Ich streute fein gehackte Petersilie darüber. Das Tier räkelte sich zwischen den Englischen Suiten, die leise heranklangen. Honiggelb. Ein Fellknäuel, das schnurrte.

Ich hatte mir einen Single Malt aus Islay an die Seite gestellt und blickte auf die Lichterketten des Nachbarhauses. Ein Mann holte eine über zwei Meter große Nordmanntanne vom Balkon. Er hatte Mühe, den Baum durch die offene Tür ins Wohnzimmer zu hieven. Ich musste schmunzeln. Atmete auf. Das Tier würde bleiben. Auf dem Anrufbeantworter lag seit Tagen die Stimme meiner Frau. Sophia. Die Sophia. Sophia, die Einzige.

Es schneite. Eine leise Musik, ein leiser Film. Der leise, leicht entzündliche Alkohol. Alles würde tief verschneit sein. Alles würde weiß werden und gleich.

Ich öffnete die Balkontür und ließ den Kater hinaus.

ERIKA PLUHAR
Es gab nur eine Katze in meinem Leben

Es gab nur eine Katze in meinem Leben. Als man sie mir schenkte, war sie so klein, daß ich »Bröselchen« zu ihr sagte. Der Name »Brösi« verblieb ihr dann. Brösi war eine ganz normale, grau getigerte Hauskatze mit schrägen grünen Augen, und sie teilte mit mir meine Anfängerjahre am Theater. Die Gage einer Burgtheater-Elevin war damals so gering, daß wir beide Hunger gelitten hätten, wenn nicht meine Mutter, uns immer wieder verköstigend, eingesprungen wäre. Die Wohnung, in der ich leben durfte, weil die Besitzer auf längere Zeit im Ausland blieben, lag in einem alten Haus mitten in der Stadt. Sie führte auf einen stillen Innenhof hinaus, durch den die Tauben flatterten (von Brösi, am Fensterbrett kauernd, gierig betrachtet!), und entbehrte nicht eines gewissen romantischen Reizes. Nur war sie nicht zu heizen. Also ließ ich an kalten Wintertagen einfach das Backrohr des Gasherdes brennen, was zumindest die Küche wärmte. Es war eine uralte Küche, mit gewölbter Decke und buckelig gekacheltem Fußboden, und ich und die Katze hielten uns bei Kälte meist dort auf. Schon damals schrieb ich mit Federkiel und Tinte in großen schwarzen Büchern alles mögliche vor mich hin, um der Theaterarbeit und ihren ständigen Äußerungen etwas an innerer Konzentration entgegenzusetzen. Ein weißer Porzellanlampenschirm hing über mir, und Brösi lag vor mir, mitten auf dem Tisch, und aufmerksam, meist schnurrend, meine Schriftzüge verfolgend.

Eines Tages hob ich wieder einmal gedankenvoll den Blick, sah mitten in Brösis Augen – und sah, daß sie schielte! Ja, sie schielte mich mit ihren wunderschönen grünen Augen liebevoll an, so, als wäre sie beschwipst oder gar betrunken. Ich erschrak. »Brösi! Was ist mit dir?« Sie schielte weiterhin, begann jedoch zärtlich zu schnurren, ihr Köpfchen an meiner besorgten Hand reibend, meine plötzliche Aufmerksamkeit schien ihr zu behagen. Auch als ich sie hochhob und ein wenig schüttelte, schielte sie mich glückselig an.

Da packte ich sie in ihren Korb und fuhr sofort zum Tierarzt.

Sie *war* so etwas wie beschwipst oder betrunken vom ständigen Aufenthalt in gasgeschwängerter Luft, die Arme! Wenn ich selbst auf Proben oder in der Vorstellung war, blieb sie ja daheim, geduldig auf mich wartend, und immer in der so gefährlich erwärmten Küche! Ich brach bei dieser Erklärung schuldbewußt in Tränen aus, der Arzt mußte mich trösten. Es sei der Katze ja nichts Bedrohliches zugestoßen, noch nicht, und das Schielen würde sich legen.

Verweint kam ich nach Hause, wir legten uns aneinandergeschmiegt in mein Bett, unter die dickste Tuchent, die ich besaß, wärmten uns so gegenseitig in kalter Winternacht, und am nächsten Morgen schielte Brösi nicht mehr, sondern sah mich wieder mit klarem, grünem Blick an.

Als ich ihr davon erzählte, schrie meine allzeit besorgte Mutter auf, natürlich auch meiner Gesundheit wegen besorgt, und drängte mir sofort ihren Badezimmerstrahler auf. Und zu Weihnachten bekam ich von meinen Eltern einen elektrischen Heizofen geschenkt.

Ja, es gab nur eine Katze in meinem Leben, und wir teilten Armut und Jugend und einen so zärtlichen Blick füreinander, daß auch kurzfristiges Schielen ihn nicht trüben konnte.

QUELLENNACHWEISE

Astrid Bonner
Spinat und Spiegelei, S. 102
Aus: Reclams Lesebescherung. Geschichten zur Weihnachtszeit. Zusammengestellt von Nikolas B. Engel. © Philipp Reclam Verlag, Stuttgart 2000.

Ilse Gräfin von Bredow
Jugendliebe, S. 45
Aus: Ilse Gräfin von Bredow, Ich und meine Oma und die Liebe. © Scherz Verlag, Berlin 1998. Alle Rechte vorbehalten S. Fischer Verlag GmbH, Frankfurt am Main.

Eva Demski
Katzenweihnacht, S. 101
Aus: Das große Katzenlesebuch. Herausgegeben von Julia Bachstein. Schöffling Verlag & Co. Frankfurt am Main. Abdruck mit freundlicher Genehmigung der Autorin.

Mary E. Wilkins Freeman
Die Katze, S. 9
Aus: Liebe zu den Katzen. Katzengeschichten aus aller Welt. Herausgegeben von Era Zistel. Müller Rüschlikon Verlag, Stuttgart. Ein Unternehmen der Paul Pietsch Verlage GmbH & Co. KG/Lizenznehmer der Bucheli Verlags AG, CH-6304 Zug.

Elizabeth Cleghorn Gaskell
Weihnachtsstürme und Sonnenschein, S. 105
Aus: Merry Christmas. Die schönsten Weihnachtsgeschichten aus England. Ausgewählt und übersetzt von Günther und Ria Blaicher. © Insel Verlag Frankfurt am Main und Leipzig 2007.

Bohumil Hrabal

Mohrchen, Söckchen und Renda, S. 61

Aus: Bohumil Hrabal, Die Katze Autitschko. Aus dem Tschechischen von Karl-Heinz Jähn. © Suhrkamp Verlag Frankfurt am Main 1992.

Monica Huchel

Meine Katzen, S. 19

Aus: Monica Huchel, Meine Katzen. Ein Brevier. Mit zahlreichen Fotografien. © Insel Verlag Frankfurt am Main und Leipzig 1985.

Erika Pluhar

Es gab nur eine Katze in meinem Leben, S. 128

Aus: 33 Arten eine Katze zu lieben. Literarisches Schnurren eingesammelt von Ruth Rybarski. Residenz Verlag im Niederösterreichischen Pressehaus Druck- und Verlagsgesellschaft mbH St. Pölten – Salzburg. © Erika Pluhar. Abdruck mit freundlicher Genehmigung der Autorin.

Damon Runyon

Lillian, S. 21

Aus: Das große Katzenlesebuch. Herausgegeben von Julia Bachstein. Aus dem Englischen von Sigrid Ruschmeier. Copyright renewed by Damon Runyon Jr. and Mary Runyon McCann as children of the author. Published by special arrangement with American Play Company, Inc., Sheldon Abend, President, 19 West 44 Street, Suite 1206, New York. 10036. © der deutschen Übersetzung by Schöffling & Co., Frankfurt am Main.

Andrea Schacht

Die Katze, die im Christbaum saß, S. 70

Aus: Andrea Schacht, Morgen Katzen wird's was geben. Weihnachtsgeschichten. © Aufbau Verlag GmbH & Co. KG, Berlin 2010 (die Erzählung erschien erstmals 2004 in: Andrea Schacht, *Die Katze, die im Christbaum saß* im Aufbau Taschenbuch Verlag. Aufbau Taschenbuch ist eine Marke der Aufbau Verlag GmbH & Co. KG).

Weihnachtsbücher im insel taschenbuch

**Geschichten vom Rausch der ersten Liebe,
vom Sehnen und Träumen**

Eine zufällige Begegnung, eine Berührung, ein Blick, es hat gefunkt, wir
sind verliebt, und nichts ist mehr so, wie es eben noch war.

Wie es sich anfühlt, wenn uns die Liebe überfällt oder wir sie wieder verlieren, davon erzählen die Geschichten von Clemens Meyer, A. L. Ken-
nedy, Roberto Bolaño, Judith Hermann und vielen anderen.

Jetzt küss mich endlich!
Herausgegeben von Patrick Hutsch. insel taschenbuch 4016. 187 Seiten

»Eine wunderbare Mischung aus Humor, Gefühl und Atmosphäre – ein Meisterwerk.« *Elle*

Chenia Arnow ist eine einfache Frau, abergläubisch und ein bißchen melancholisch; vor allem aber hat sie Witz, Verstand und Courage. Das ist keine schlechte Mischung, um mit dem fertig zu werden, was ihr das Leben bietet: die eigenwilligen Kinder, die ungewollte Schwangerschaft, den temperamentvollen, treulosen Ehemann und den reizenden Harry …

»Beim Lesen des Buches war ich hin und weg. Und das kann man ruhig wörtlich nehmen. Ich fühlte mich hingezogen zu dieser einfachen, starken Frau, bin reingerutscht in ihr Leben, in ihre unglückliche Ehe, in die vielen Enttäuschungen und das unverhoffte Glück. Hin und weg – ein Kinofilm, der beim Lesen im Kopf abläuft.« *Christine Westermann*

Carole Glickfeld, Herzweh. Roman. Aus dem Amerikanischen von Charlotte Breuer. insel taschenbuch 4022. 438 Seiten

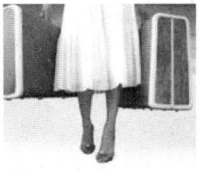

Orte des Glücks

Inseln sind Orte des Glücks. Capri, Sylt, Jamaika, Island, Kreta, Lanzarote oder die Taka-Tuka-Insel: Bei über hunderttausend Inseln ist es nicht immer leicht, die eigene zu finden. Die in diesem Band versammelten Autorinnen und Autoren haben »ihre« Insel gefunden: Julio Cortázar, Eva Demski, Robert Gernhardt, Judith Hermann, Patricia Highsmith, Wladimir Kaminer, Cees Nooteboom, Robert Walser und viele andere.

Reif für die Insel. Insel-Geschichten
Herausgegeben von Susanne Gretter. insel taschenbuch 4007. 162 Seiten

Eine Liebeserklärung an Spanien

Jedes Jahr im Juli landet Cees Nooteboom auf den Balearen – und bringt von dort Geschichten mit, über die Insel und über das Land. Er erzählt von Don Miguel, dem 87 Jahre alten Postboten, von einem Mädchen namens »Schnee« und einem anderen, das »Liebe« heißt. Er betrachtet das Land und dessen Menschen mit Zuneigung, wissend, daß er nur ein Passant ist, einer aber, der sagen kann: »Ich liebe Spanien.«

»Wer Nooteboom liest, wird erleuchtet.« *Ulrich Greiner, Die Zeit*

Cees Nooteboom, Die Insel, das Land. Geschichten über Spanien Aus dem Niederländischen von Helga von Beuningen. insel taschenbuch 4024. 119 Seiten